गूँज : दबते स्वरों की

(कहानी-संग्रह)

गूँज : दबते स्वरों की

नवीन सिंह

वाणी प्रकाशन ग्रुप | भारतीय ज्ञानपीठ

वाणी प्रकाशन : भारतीय ज्ञानपीठ की पुस्तकों के एकमात्र प्रकाशक एवं वितरक

Email : sales@vaniprakashan.in

सजिल्द पहला संस्करण : 2021
सजिल्द दूसरा संस्करण : 2024

लोकोदय ग्रन्थमाला : ग्रन्थांक 1455

प्रकाशक
वाणी प्रकाशन ग्रुप
4695, 21-ए, दरियागंज, नयी दिल्ली-110 002
फ़ोन : 011-23273167, 23275710
ईमेल : sales@vaniprakashan.in

ISBN : 978-93-5775-338-8 (N)
978-93-90659-31-9 (O)

गूँज : दबते स्वरों की
(कहानी-संग्रह)
नवीन सिंह

GOONJ DABTE SWARON KI
(Short-Stories)
by Naveen Singh

आवरण-चित्र व भीतरी रेखांकन : गीता सिंह
मुद्रक : आर. टेक ऑफ़सेट प्रिंटर्स, दिल्ली-110 032

Price: 295

दादा जी स्व. लालजी सिंह
एवं
दादी जी स्व. गुजराती देवी
की स्मृतियों को समर्पित

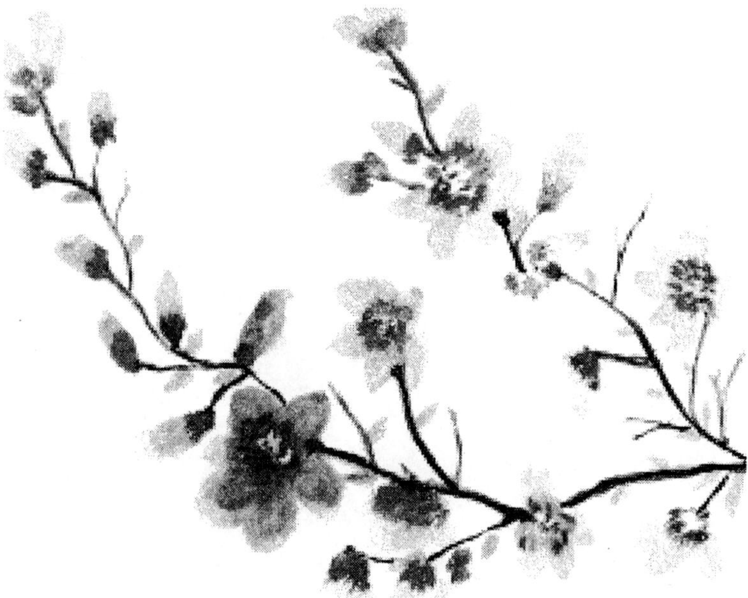

अपने पाठकों से...

'गूँज' को अपने हाथों का स्पर्श देने के लिए आपका हार्दिक आभार। सामाजिक, देश, देश-प्रेम, राष्ट्रीय एकता आदि मूल भावों से ओत-प्रोत इन समसामयिक कहानियों में न तो केवल समस्याओं को ही उजागर किया गया है, बल्कि उनके समाधान के कुछ पहलुओं को भी दर्शाने का प्रयास हुआ है। यह प्रयास कितना सफल है, इस प्रश्न के जवाब की आपकी बेबाक़ प्रतिक्रियाओं के माध्यम से अनुरोध करता हूँ। बेशक़ प्रयास हुआ है, लेकिन क़सर रह जाना भी स्वाभाविक है। अत: इन कमियों को केवल अपने मन में न रखें, कृपया मेरे कानों तक पहुँचने दें। कलम आपके मन की बातों की भट्ठी में तप कर जीवन के पन्नों में और सार्थक रंग भर सकेगी।

'गूँज' में आधुनिकता के दौर में दीनत्व को प्राप्त होते दीनानाथ के अकेलेपन को दर्शाया गया है। 'सफ़ेद वर्दी' कहती है कि देश-प्रेम का कोई रंग नहीं होता। 'गठरी' के दोनों भागों में मनुष्य में छिपे एक ऐसे स्वभाव को उजागर करने का प्रयास हुआ है, जिसमें कृतज्ञता का बोझ अन्याय को अनजाने में करने, और सहने के लिए विवश कर देता है। 'आधी शहादत' उन सैनिकों की पीड़ाओं को स्वर देती है, जिन्होंने देश सेवा में अपना सब कुछ बलिदान कर दिया, सिवाय प्राणों के। पैदाइशी सब इंसान होते हैं, लेकिन बड़े होते-होते कुछ और होते जाते हैं। 'काग़ज़ की कश्ती' में इसी बात की सवारी है। 'पल-दो पल, अपने भी' में वृद्धाश्रम की मायूसी से बचने के उपाय हैं। शिक्षा पर केंद्रित समाज ही देश को आगे ले जा सकता है, यह 'पढ़ेगा इंडिया...' का सार है। 'पगली' कुछ ऐसा कर जाती है, सचेत लोग देखते रह जाते हैं। 'रंग-बिरंगे फूल...' में सामाजिक सद्‌भाव के कंटकों की बात कही गई है। कितनी ही बारिश हो, लेकिन किसान का हृदय हमेशा सूखा ही रहता है। 'सावन की समीर-लीला' देश सेवा में जुटे उन गुमनाम ख़ुफ़िया सिपाहियों को नमन है, जो अपने देश-प्रेम को जग-ज़ाहिर नहीं कर पाते। 'अधूरी चाह' छोटी-छोटी बातों में ख़ुश रहने की प्रेरणा देती है। वहीं 'विजयी भारत की टीम' बताती है

कि अलग-अलग कारणों से बँटते समाज को विभिन्न संस्थाओं में कैसे एक साथ सिला जा सकता है। 'नाले बा' बदले की भावना की आहूति देने की मंगल कामना करती है।

सबसे पहले मेरे माता श्रीमती रम्भा देवी, पिता श्री धुन्धू सिंह को कोटिश: प्रणाम, जिन्होंने कलम को अपने ख़ून-पसीने की अविरल स्याही दी। मित्र रितेश को आभार, जिन्होंने जामवंत बनकर लेखन की संभावनाओं को ढूँढ़ा। शुरू किया गया काम सुचारु हो, इसका पूरा श्रेय अर्धांगिनी गीता को जाता है, जिन्होंने ख़ुद दो-दो तूफानी बेटियों को सँभाल कर लेखनी को लिखने दिया। साथ ही उन्होंने इन कहानियों में अपनी बेहतरीन चित्रकलाओं से प्राण डालने का भी काम किया। मुझे लेखन और साहित्य की बारीक़ियाँ सिखाने के लिए प्रिय मित्र डॉ. हरेंद्र सिंह के लिए आभार व्यक्त करने में शब्द कम पड़ रहे हैं। उनके साथ-साथ अजय सिंह, अभिषेक सिंह, अविनाश राय, विजय सिंह, और नितिन बाजपेई के अथक पथ प्रदर्शनों से ही कलम सही पन्नों पर चल रही है। अपने समस्त शिक्षकों को सादर प्रणाम, जिन्होंने इस कच्ची माटी को आकार दिया। आदरणीय पाठकों के अनवरत स्नेह और शुभेक्षाओं से कलम को असीम ऊर्जा मिलती है, सहृदय आभार आप सभी का। ज्ञानपीठ प्रकाशन को मेरी कहानियों को अपने प्रतिष्ठित पन्नों पर जगह देने के लिए कोटि-कोटि आभार।

बहुमूल्य प्रतिक्रियाओं की राह देखता... आप में से ही एक...

—नवीन सिंह

दक्षिण कोरिया

kashi.krit@gmail.com

अनुक्रमणिका

अपने पाठकों से...	सात
सफ़ेद वर्दी	11
गठरी	19
गठरी वापसी	25
आधी शहादत	32
काग़ज़ की कश्ती	39
पल-दो पल, अपने भी	45
पढ़ेगा इंडिया, तभी तो बढ़ेगा इंडिया!	50
पगली	58
रंग-बिरंगे फूल और काँटें	62
किसान की बारिश	68
सावन की समीर-लीला	75
अधूरी चाह	80
विजयी भारत की टीम	83
'नाले बा' का शोध : एक प्रतिशोध	90
गूँज : बदलते समय के साथ दबते स्वर	97

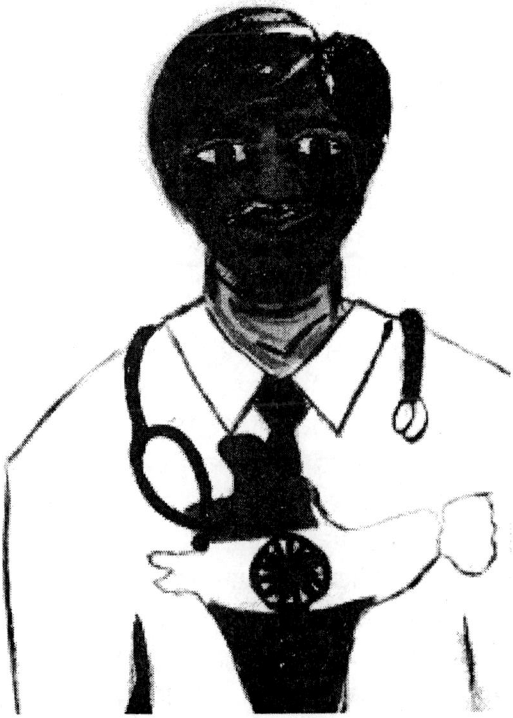

सफ़ेद वर्दी

भारत के इतिहास को लिखने में अनेक रंगों के क़तरों का योगदान रहा है, लेकिन कुछ रंग हमेशा से प्रश्नवाचकचिह्न से ज़्यादा कुछ भी नहीं लिख पाए। असंख्य क़तरे मिलकर भी कभी वतनपरस्ती का मक़ाम नहीं लिख पाए। उनकी देशभक्ति हमेशा से कुछ कुटिल बुद्धियों की क़ातिलाना साये से बरी न हो सकी। जैसे सफ़ेद रंग की स्याही में रंच मात्र की काली स्याही का क़तरा सफ़ेदी के ईमान को दाग़दार कर देता है, और सफ़ेदी हमेशा अपने अस्तित्व पर कालिख के शक़ का जामा पहनकर सच्चाई की दुहाई देती हो। एक-दो नापाक़ मछलियाँ हमेशा पूरी फ़िज़ा को दूसरी अच्छी मछलियों के लिए ज़हरीला करती रहीं।

पैंतालिस वर्ष के डॉक्टर करीम की सच्ची देशभक्ति किसी प्रमाण की मोहताज़

न थी। फिर भी समाचारों में आए कुछ नाम उनकी क़ौम को बदनाम करते रहे। उनके ख़ून में भरी वतनपरस्ती को हमेशा झकझोरते रहते थे। उन चंद दाग़दार नामों की वज़ह से उनका नाम भी कभी विश्वास से नहीं लिखा पाया। वे कभी देश भक्त नहीं कहला पाए। अब वे हनुमान तो न थे, जो अपना सीना फाड़कर देशभक्ति रूपी सीता-राम को लोगों को दिखाते। देशभक्ति का ढिंढोरा पीटते। इतने वर्षों की बदनामी कम न थी कि वर्ष 2008 में मुंबई आतंकवादी हमलों ने उनकी बड़ी मशक़्क़त से कमाई गई देशभक्ति को बम के धुओं और गोलियों के खोखों ने खोखला कर दिया। महीनों मरीज़ों ने उनके हस्पताल में कदम रखना तक छोड़ दिया। वे अपनी फूटी आँखों से किसके सामने अपना दुखड़ा रोते? वे किसको बताते कि गाँव जा रही उनकी अम्मी जान, उनकी बीवी भी उस दिन रेलवे स्टेशन पर आतंकवादियों की गोलियों की भेंट चढ़ गईं।

डॉक्टर करीम प्लेटफार्म टिकट लेने गए थे कि तभी पलक झपकते ही ताबड़तोड़ गोलियों की आवाज़ सुनाई देने लगी। उस एक पल की सोच-शून्यता ने उनको कहीं का नहीं छोड़ा। वो वहीं-के-वहीं बुत बने किंकर्तव्यविमूढ़ हो गए। उनके आँसू पोंछने वाला कोई न बचा था। उस दिन के बाद मानो उनके जीने का मकसद धुँधला-सा गया हो। डॉक्टर साहब आधे मन से काम करने जाते, और पूरे मन से अपने जीने का मकसद तलाशते। वे ख़ुदा से रोज़ पैरवी करते कि वो जल्द ही उनकी बाक़ी साँसों का हिसाब कर दे, और अपने यहाँ जन्नत बख़्श दे। लेकिन, माँगने से मौत कहाँ मिले। जब बुलावा आएगा, तभी तो टिकट कटेगा। वहाँ की ट्रेन की टिकट वाला अपनी मर्ज़ी का मलिक था, हमारी तरह ग़ुलाम थोड़े नहीं। उधर मुंबई हमलों ने भारत की आंतरिक सुरक्षा व्यवस्था पर बहुत ही मोटे अक्षरों से लिख दिया—'आज़ादी के बाद भी क्या हम वाक़ई आज़ाद हैं?' आए दिन हो रहे हमलों से आज़ाद देश के लोग भी भय की ग़ुलामी में जकड़े दिखते।

आंतरिक सुरक्षा एजेंसियों पर लगातार राजनैतिक दबाव बढ़ता जा रहा था। आए दिन तबादले और इस्तीफ़े के क़िस्से ख़ुफ़िया सुरक्षा एजेंसियों के गलियारों में चलते रहे। सफलता के सेहरे के मोती-गुरिया के भी वारिस निकल आते हैं। सब बाँधना चाहते हैं। लेकिन, असफलता के तख़्त पर कोई नहीं बैठना चाहता। असफलता का ज़िम्मेदार लावारिस होता है। ये ख़ुफ़िया एजेंसियाँ गुमनाम होती हैं। इनका कोई शरीर नहीं होता, केवल छाया होती है, ये देश की सुरक्षा की बुनियाद होते हैं—अदृश, सबके सामने होते हुए भी, सबकी आँखों से ओझल। मैं इनको वास्तविक जीवन के सुपरहीरो मानता हूँ। आए दिन जान जोख़िम में डालना, ख़ुद का कोई पता न होना, घरवालों को अपने काम का पता न चलने देना। देश की सच्ची सेवा में अपनी नज़रों में ही झूठा बने रहना। अपना कोई विशेष चरित्र न होना।

एक ऑपरेशन, एक चरित्र। जीवन का एकदम नाटकीय हो जाना। रंगमंच पर सफल रहे तो कोई बात नहीं। वो अपनी शेखी बघारना तो दूर, अपने काम का ज़िक्र भी नहीं कर सकते। काम कर दरिया में डाल, फिर काम कर जैसा हाल। लेकिन, अगर असफल रहे, तो कहीं के नहीं रहे। उनका नाम, देश का नाम, उनकी पहचान सब एक छलावे में चली जाती है। बहुतों को तो अपने देश की माटी भी नसीब नहीं होती। कहीं मौन में, गुमनामी में मर-मुरा जाते हैं। कुछ घरों में तो उनकी मौत की भी ख़बर तक नहीं जाती। घरवालों की इंतज़ार की राह तकने में ज़िन्दगी बीत जाती। ख़ैर, समय के साथ उथल-पुथल शांत होने लगी। हवा में बिखरे सुरक्षा के धूल के कण वापिस ज़मीन पर अपनी यथा स्थिति को चले गए। वे कण रोज़मर्रा के कदमों से कुचले जाने लगे। धीरे-धीरे चीज़ें पहले जैसी होने लगीं। लोग उन भयावह यादों को बिसराकर पुराने ढर्रे पर लौटने लगे। लेकिन, वो यादें फिर से ताज़ा न हो जाएँ, इसके लिए रॉ (भारत की ख़ुफ़ियास सुरक्षा एजेंसी) के नए चीफ़, अजय डागर जी-जान से लगे रहे। उनकी कार्यशैली किसी नवाचार की बेड़ियों से नहीं बँधी थी। वे पेड़ के बीमार होने पर पत्तियों पर दवाई नहीं छिड़कते थे, बल्कि जड़ में रोग ढूँढ़ते थे। उन्हें पाकिस्तान में चल रहे आतंकवादी प्रशिक्षण संस्थानों की ख़बर थी। उनका निशाना ये संस्थान थे। न रहेगा बाँस, न बजेगी बाँसुरी। उनको पाकिस्तान में अंडरकवर एजेंटों से पता चला कि पाकिस्तानी सेना इन आतंकवादी ट्रेनिंग संस्थानों को पूरे संसाधन मुहैया कराती है। सारे आतंकवादियों के स्वास्थ्य का ज़िम्मा सेना के हस्पतालों और चिकित्सकों पर होता है।

अजय डागर ने एक योजना रची। अंडरकवर एजेंटों को पाकिस्तान के मिलिटरी हस्पतालों में रोपने की योजना। यह काम अगर बहुत फ़ुर्सत से करना होता तो अजय डागर किसी युवक को ढूँढ़ते, उसको चिकित्सक बनवाते, नई पहचान दिलाते और फिर पाकिस्तान भेजते। लेकिन इतना समय उनके पास कहाँ था। नेता जी लोग घड़ी-घड़ी ख़बर लिये जा रहे थे कि कुछ हुआ, कुछ किए? जैसे आतंकवादियों को पकड़ना दाल-भात का कवल हो, साना और निगल लिए। अजय डागर को तलाश थी कि कोई पेशेवर डॉक्टर मिले, और उसको वो प्रशिक्षण देकर आगे का काम करा सकें। लेकिन ये कोई नौकरी थोड़े ही नहीं थी, जो कोई भी दो-चार पैसों के लिए करता। इसमें तो जान हथेली पर रखने वाले वतन के रखवाले चाहिए थे। अब किसी सामान्य आले और थर्मामीटर वाले से इतनी बड़ी उम्मीद रखना हर कोयले को हीरा मानने वाली बात थी। दूसरों की जान बचाने वाला भला अपनी जान क्यों जोख़िम में डाले? जान बचाने वाले भगवान भाव से मोहभंग कर सैनिक वाला कफ़न का भाव क्यों ओढ़े? इसके लिए चाहिए कोई ठोस कारण। ऐसा भाव, जो किसी डॉक्टर के शरीर में चिकित्सक के हृदय को एक सरफ़रोश सैनिक के

हृदय से प्रत्यारोपित कर दे। ऐसा भाव तो तभी आ सकता था जब कोई चिकित्सक बदले की आग में जल रहा हो। वो इस आग में अपना सर्वस्व आहूत करने को आमादा हो।

अजय डागर ने पिछले दस सालों के आतंकवादी हमलों में मारे जाने वालों के सम्बन्धियों की सूची बनवाई। उन सम्बन्धियों में से कुछ लोग पेशेवर डॉक्टर भी थे। उन डॉक्टरों की लिस्ट में एक इक़लौता नाम, जो किसी को भी अज़ीब लग सकता था, वो था--डॉक्टर करीम, एम.डी., फ़िज़िशन। यहाँ पर मुसलमान नाम होना अज़ीब नहीं था, बल्कि उनकी डिग्री प्राप्ति की जगह थी। वे अमेरिका में अपनी पढ़ाई पूरी करके भारत में सेवा दे रहे थे। अमूमन अमेरिका जाने वाला हर विदेशी वहीं पर 'अमेरिकन ड्रीम्स' के मृग-मरीचिका के पीछे पड़कर पूरी जवानी पराई धरती पर यह सोचकर काट देता है कि वो अपना भविष्य बना रहा है। उसको बुढ़ापे में एहसास होता है कि जहाँ पर उसको कुछ बनाते रहना चाहिए था, वहाँ तो उसने उलट के नज़र भी न फेरी। वो स्वदेस में अपनी मूल को ही भूल गया। जीवन तो एकतरफ़ा सड़क है, जहाँ वापस आने का विकल्प केवल पुनर्जन्म है। ऐसे में कोई डॉक्टर अमेरिका में पढ़े, और भारत में आकर सेवा दे, तो इसे देशप्रेम के अलावा और क्या कहा जा सकता है? इन डॉक्टर साहब की कौशल क्षमता रॉ की पाकिस्तानी सैनिक हॉस्पिटल में काम के लिए ज़रूरी कौशल उपलब्ध चिकित्सकों की सूची में सबसे अधिक सटीक थी। दूसरी बात, किसी आम डॉक्टर को पाकिस्तान की भाषा और संस्कृति का प्रशिक्षण देने में लगने वाले समय की तुलना में करीम कम समय लेते। लेकिन कौशल और संसाधन से अधिक महत्त्वपूर्ण भाव होता है। भाव सही नहीं हो, तो आदमी को वरदान में मिला विज्ञान भी दानव बन सकता है।

इस आदमी में उन्हें देश सेवा की किरण दिखी, और देश सेवा का भाव ही तो सैन्य भाव का जनक है। लेकिन पहली नज़र में जो दिखे, वो धोखा भी हो सकता है। इसलिए अजय डागर डॉक्टर करीम की पृष्ठभूमि से संदेह की परतों को उतरवाने का निर्देश देते हैं। निर्देश पाने वाले असमंजस में थे। अब असमंजस का कारण नाम था। एक मुसलमान! लेकिन डागर साहब आशावादी थे और केवल देश धर्म में आस्था वाले थे। वो निर्जीव रेगिस्तान में भी नागफनी के जीवन को पा जाने की चेष्ठा करते।

रॉ कब्र में से भी जानकारी निकाल ले, फिर डॉक्टर करीम तो क़ब्र की दुआ भर माँग रहे थे। दो सप्ताह के भीतर डॉक्टर साहब की पूरी कुण्डली चीफ़ डागर की टेबल पर। रिपोर्ट में करीम साहब के जन्म, पढ़ाई, भारत-अमेरिका, उठना-बैठना, संगी-सोहबती, इत्यादि सारी जानकरियाँ मौजूद थीं, जो किसी भी व्यक्ति के चरित्र-चित्रण के लिए काफ़ी थीं। इतना तो डॉक्टर साहब को उनके बारे में ख़ुद को भी शायद न मालूम हो! क़ुरान, गीता, बाइबिल सब पर समान विश्वास था। सारे धर्म ग्रंथ उनके घर में थे। उनके दोस्तों के नामों में कोई विशेष धर्म से लगाव या

दुराव नहीं था। क़रीबी दोस्तों के नामों को पढ़कर कोई भी उनको असली धर्म निरपेक्ष कह सकता था। चीफ़ की नज़र रिपोर्ट की एक लाइन पर पड़ी —'ज़िन्दगी का मकसद ख़त्म। कब्र की दुआ क़ुबूल होने की राह में।'

चीफ़ ने डॉक्टर साहब के चरित्र का परीक्षण लेना शुरू किया। उन्होंने अपने अंडरकवर एजेंटों को तरह-तरह के अभिनय में भेजकर उनके लिए देशभक्ति शब्द का वजन तौलने की सफल कोशिश की।

नेताओं का दबाव सिर पर रखे भीगे बोझे की तरह बढ़ता जा रहा था। डॉक्टर साहब को रॉ नवाचरण के हिसाब से जासूसी करने में समय काफ़ी लग जाते, जो कि चीफ़ के पास एकदम नहीं था। उनके लिए समय टाइम बम की टिक-टिक करती घड़ी जैसा था, जो कभी भी आतंकवादियों की तरफ़ से लगाया जा सकता था। सरकार बचाने और देश की जनता का विश्वास जीतने में सरकार अपने ख़ुफ़िया तंत्रों की नकेल दिन-पर-दिन कसती चली जा रही थी। चीफ़ अजय डागर ने आगे की कार्यवाही की कमान अपने हाथ में ली। एक दिन शाम के समय जब डॉक्टर साहब अपने घर पर नमाज़ अता करके आराम फ़रमा रहे थे, तब उनके दरवाजे पर खट-खट हुई। चीफ़ को देखकर डॉक्टर साहब तनिक भी नहीं चौंके। इस मुलाक़ात की योजना काफ़ी पहले ही बनी थी।

अजय डागर, सीधे-सीधे, "डॉक्टर करीम साब, हमें आपकी मदद चाहिए।"

डॉक्टर, "कहिए, क़ब्र में जाने से पहले अगर किसी के काम आ पाऊँ, तो सुकून से सो पाऊँगा। मेरी बेमकसद ज़िन्दगी को अगर आप बामज़िल बना देते हैं, तो आप मेरे मददगार होंगे, न कि हम आपके।"

चीफ़ ने मुंबई हमलों से शुरू करके आगे की पूरी योजना साझा की। इसमें आने वाले ख़तरों से भी अवगत कराया। उनको सुनने के बाद डॉक्टर साहब ने हामी भर दी। उनको लगा कि अंतिम कुछ साँसें क़ुर्बान कर शायद कुछ दाग हल्के हो जाएँ। अगर जान गई तो वतनपरस्ती की आन बनने का अच्छा मौक़ा है। आने वाली पीढ़ियों को भी अच्छा संदेश देकर जाएँगे। तो कुल मिलाकर करीम साहब को इसमें लाभ-ही-लाभ दिखा।

चीफ़, राहत की साँस लेते हुए, "हमारी योजना के अनुसार आप कश्मीर के अनंतनाग के पुश्तैनी बाशिंदे होंगे। आप भारत के धुर विरोधी और कश्मीर की आज़ादी के प्रणेता होंगे। आपका नाम डॉक्टर अब्दुल जलील है। और ये रहा आपका नया पासपोर्ट। कल आप कश्मीर के लिए रवाना होंगे, जहाँ पर आपको एजेंट बनने का पूरा प्रशिक्षण दिया जाएगा।"

डॉक्टर जलील अनंतनाग में अपने पुश्तैनी घर में आते हैं। वहाँ पर रॉ के उपलब्ध कराए गए कवर की बदौलत वो दिन दूनी-रात चौगुनी प्रख्याति को पाते

गए। अलगाववादी नेताओं के शिखर पर उनका नाम कुछ ही महीनों में आने लगा। यह नाम कश्मीर की वादियों को पार कर सीमा पार भी गया। रॉ का कवर इतना तगड़ा था कि पाकिस्तान की ख़ुफ़िया सुरक्षा एजेन्सी आई.एस.आई. के मारक जासूसी टैंक भी उसको भेद नहीं सकते थे। कहते हैं, दुश्मन का दुश्मन दोस्त होता है। आई.एस.आई. के गुर्गों ने डॉक्टर जलील साहब की पृष्ठभूमि को खंगालने के बाद उनको अपना हमराही समझा, और सम्पर्क साधा। आई.एस.आई. को तनिक भी रॉ के मनसूबों की भनक नहीं हुई। आई.एस.आई. को लगा कि डॉक्टर जलील के हिरण से वो भारत के शेर का आखेट करेंगे। उनको नहीं पता था कि वो हिरण उनके आतंकवादियों को मौत के घाट ले जा रहा था।

उधर डॉक्टर जलील की अंडर कवर एजेंट बनने की ट्रेनिंग भी पूरी हो गई। अब डॉक्टर साहब आला चलाने के साथ-साथ रेडीओ ट्रैन्स्मिटर का इस्तेमाल करने, कमांडो कटारी चलाने, डाइनमायट का रोपण करने, संदेश की कोडिंग करने, अपने आपको कवर करने, उनका पीछा करने वाले लोगों की भनक लेने इत्यादि कलाओं को सीख चुके थे। इस ट्रेनिंग ने उनके शरीर से चिकित्सक हृदय को एक सरफ़रोश सैनिक हृदय से प्रत्यारोपित कर दिया। भाव हो तो आदमी भवसागर को भी पार कर जाता है। देशभक्ति के भाव ने डॉक्टर जलील को एजेंट बनने के सारे परीक्षणों को पार करा दिया। अब वो एजेंट करीम बन गए।

एक दिन डॉक्टर जलील को इस्लामाबाद में होने वाली एक संगोष्ठी में जाने का निमंत्रण मिला, जिसको उन्होंने स्वीकार कर लिया। अभी तक यह सब चीफ़ की योजना के तहत जा रहा था। जैसे चूहों का झुंड अपनी मौत का निमंत्रण देने स्वयं सर्प के समीप खिंचे चले आ रहे हों। डॉक्टर जलील कश्मीर से दिल्ली गए। वहाँ पर चीफ़ ने उनको गम्भीर स्वरों में संदेश दिया :

"एजेंट करीम, आपको पाकिस्तानी नापाक कदमों को भारत माँ की पवित्र ज़मीं पर पड़ने से पहले ही काटना है। यहाँ के बाद आपको बहुत सारे निर्णय ख़ुद करने होंगे। आपको पाकिस्तान में हमारे लोग मिलेंगे। वो पाकिस्तानी हैं, और उनको आपकी असली पहचान और मकसद मालूम नहीं है। पाकिस्तानी सैनिक हॉस्पिटल तक की यात्रा तय करने के बाद आपको हमारे एजेंट मिलेंगे। अगर आप ख़ुदा-न-ख़ास्ता पकड़े जाते हैं तो...आपको पता ही है।"

इन मूल मंत्रों की गाँठ बाँध डॉक्टर साहब भारत की मिट्टी को विदा किए, और जिन्ना की ज़मीं पर पाँव रखे। वहाँ पर संगोष्ठी नहीं थी। एक बहाना था। वहाँ पर आई.एस.आई., सेना और सरकार के लोग जमा होकर यह माथा फेर रहे थे कि भारत की कड़ी सुरक्षा की वजह से वो आदमखोर भेड़ियों की घुसपैठ नहीं करा पा रहे हैं। इसके लिए उनको और अधिक एजेंटों की ज़रूरत थी। ताकि एजेंट भारत में

घुसपैठ करें, फिर सत्ता के गलियारों की चकाचौंध में इन भेड़ियों को गुज़ारें। डॉक्टर जलील एक प्रतिष्ठित राजनीतिज्ञ थे, उनका आज़ादी आंदोलन में काफ़ी बोलबाला था। इसलिए अपनी योजना के अनुरूप आई.एस.आई. ने उनको एजेंट बनकर भारत में जासूसी करने का प्रस्ताव दिया। डॉक्टर साहब को कोई आपत्ति नहीं हुई। उनको तो यह प्रस्ताव सोने पर सुहागा लगा। वो अपने इस रोल की वज़ह से भारत की और मदद कर सकते थे। उन्होंने थोड़ा झिझकने का नाटक किया। इसपर आई.एस.आई. ने बोला कि वो पाकिस्तानी पासपोर्ट और एक नया नाम पाएँगे। डॉक्टर साहब का भारत में कोई खोजी भी नहीं था। इसलिए बात मानने का नाटक कर दिए, और पाकिस्तानी पासपोर्ट स्वीकार कर लिये। अब वो डबल एजेंट बन गए।

कुछ दिन पाकिस्तान में बिताने के बाद डॉक्टर साहब ने अपने आला कमान से बोला कि उनको बैठे रहने से ऊबन होती है, वे कुछ काम करना चाहते हैं। उन्होंने अपनी चिकित्सकीय योग्यता के आधार पर किसी हॉस्पिटल में सेवा देने का आग्रह किया। संयोगवश उस समय एक सैनिक हॉस्पिटल में मरीज़ों की तुलना में आवश्यक फ़िज़िशन चिकित्सकों की संख्या बहुत कम थी। अगले दिन से डॉक्टर साहब अपनी कर्मभूमि पर पदार्पण किए। वहाँ कुछ हफ़्ते बिताने के बाद डॉक्टर साहब को रॉ के एक एजेंट ने एक जासूसी उपकरण का पैकेट दिया।

रेडियो ट्रैन्स्मिटर, अंटिना, साइनाइड (आत्महत्या करने हेतु) इत्यादि भरे थे। डॉक्टर साहब धीरे-धीरे अपना काम शुरू किए। पता चला कि हॉस्पिटल में एक विभाग है, जिसका नाम-फ़िट टू फ़्लाई है। ये वो लोग थे, जिनको सीमा पार करने से पहले स्वास्थ्य परीक्षण से गुज़रना पड़ता था। डॉक्टर साहब के फ़िज़िशन होने के नाते स्वास्थ्य प्रमाण पत्र पर अंतिम मुहर उन्हीं की होती थी। आतंकवादियों में जान देने की आतुरता को देख डॉक्टर साहब की रातों की नींद उड़ गई। उनको अपनी अम्मी और बेग़म का हश्र याद आने लगा। डॉक्टर साहब उनको उस मंजर को दोहराने से रोकना चाहते थे। दोबारा कोई धमाका न हो, इसलिए उन्होंने एक गुप्त योजना बनाई।

जितने भी लोग फ़िट टू फ़्लाई का प्रमाण पत्र लेकर जाते, डॉक्टर साहब उनके नाम-पहचान, क़द-काठी, स्पाई कैमरे की फ़ोटो, इत्यादि पाकिस्तान में रॉ एजेंटों को लीक कर देते। परिणाम यह हुआ कि फ़िट्नेस का सर्टिफ़िकेट लेकर मिशन पर निकले लोग या तो रॉ एजेंटों के हत्थे चढ़े; जो नहीं हाथ लग पाए वो ख़ुदा को भेंट चढ़ गए। कुछ के घर अम्मी-अब्बा को ख़बर हो गई कि उनका सपूत कौन सी डगर पर निकला है। आई.एस.आई. की जाँच में निकला कि हॉस्पिटल में कोई घुसपैठिया है, जो रॉ के लिए काम करता है। एजेंट करीम के आने से पहले सब आतंकवादी हॉस्पिटल से निकलकर बॉर्डर पर पहुँच जाते। लेकिन करीम की तेज गति और

धुआँधार आतंकवादियों के ख़ात्मे ने शक़ की सुई आई.एस.आई. के इस नए एजेंट की ओर मोड़ दी। एक रात वो अपने घर पर रॉ को रेडियो पर सूचना प्रसारण करते समय रंगे हाथों पकड़े गए। जासूसी किट में पड़ा साइनाइड (ज़हर) अगर खा लेते, तो प्रतारणाओं से बच जाते। लेकिन, उनके मन ने एक सच्चे देशभक्त की मिसाल क़ायम करने की ठानी थी। तमाम यातनाओं को झेलने के बावजूद भी उन्होंने अपने एक भी साथी का नाम नहीं बताया।

उधर भारत सरकार डॉक्टर जलील के पाकिस्तान से वापस न आने को लेकर इस्लामाबाद पर दबाव बनाने लगी। अब अगर आई.एस.आई. एजेंट को मार देती तो उसको अन्तर्राष्ट्रीय स्तर पर जवाब देना पड़ता—'संगोष्ठी में गए कश्मीरी वक्ता ग़ायब'। अगर वो डॉक्टर साहब के बारे में पाकिस्तानी मीडिया को बता देते, तो सेना-आतंकवादी दोस्ती का भांडा जग ज़ाहिर हो जाता। डॉक्टर साहब पाकिस्तान के गले की हड्डी बन गए। अंततः उन्होंने बीच का रास्ता निकाला। 'संगोष्ठी में आया डॉक्टर जलील रॉ एजेंट निकला', ऐसी ख़बरें पाकिस्तानी मीडिया में उछाल दीं। आनन-फ़ानन में मिलिटेरी कोर्ट में मुक़दमा चलाया, और फाँसी की सजा सुना दी। डॉक्टर करीम पाकिस्तान में ज़िंदा बम बन गए थे, जिनके मुँह खोलने से पाकिस्तान दुनिया के सामने नंगा हो जाता। यह नौबत न आए, उन्होंने आनन-फ़ानन में एक रात डॉक्टर को कारागार में फाँसी दे दी। देश सेवा में चुपचाप उन्होंने जान गँवा दी। उनका लिखा एक पत्र था, जिसको उन्होंने दिल्ली में चीफ़ अजय डागर को विदाई के समय दिया था, और बोला था :

"अगर मैं वापस न आ पाऊँ, तो इस ख़त को देशवासियों को पढ़ा देना, और मेरा शरीर समझकर इसे ख़त ही दो गज दिलवा देना।"

चीफ़ को अपना इकलौता डॉक्टर एजेंट गवाने पर गहरा दुख हुआ। उससे बड़ा मलाल था कि वे डॉक्टर को बचाने के लिए कुछ भी नहीं कर पाए। उन्होंने वो ख़त खोला :

"प्यारे देशवासियों, मेरा नाम करीम है, मैं भारत माँ की सेवा में जा रहा हूँ। लौटकर नहीं आ पा रहा हूँ।

देश को ऊपर रखना, इस पर कोई रंग मत चढ़ने देना। देश रहेगा तभी सारे रंग रहेंगे।" चीफ़ को लगा कि देश के अंदर इस पत्र का बहुत अच्छा प्रभाव रहेगा। उन्होंने इस पत्र को मीडिया को लीक करवा दिया।

मरहूम डॉक्टर करीम लोगों के हीरो बन गए। लोग हर घर में करीम जैसा देशभक्त बनाना चाहते थे। सफ़ेद वर्दी वाला देशभक्ति निभा गया। बहुत कुछ सिखा गया।

गठरी

"जो माँगे थे, सब कुछ तो रख दिये हैं आँगन में, अब एकाएक स्प्लेंडर कहाँ से लायें?" बबिता की माँ उसकी विदाई के समय बोलीं। लड़के के बड़े भाई ने विदाई की शर्त रख दी थी। बबिता के पिता अपनी पूरी जमा-पूँजी शादी में लगा चुके थे। दूसरी बेटी सरिता की शादी के लिए भी कुछ नहीं बचा था। तब-की-तब देखने वाला हिसाब था। विदाई के बाद टेंट, पत्तल-पुरवा वाले का हिसाब कैसे होगा, भोर से ही उनके मन में ये चिंताएँ कब्ज़ा किये पड़ी थीं। बहुत सारे कर्ज़ों के बारे में तो बबिता की माँ को भी नहीं पता था। सबका कर्ज़ उतारने में कम-से-कम दो-तीन साल तो लगते ही। फिर पाँच साल बाद सरिता की शादी। विदाई के समय बबिता के पिता के मन में ये सब बातें चल रही थीं। फिर ये स्प्लेंडर! कहाँ जायें, किससे माँगे, अब तो कोई उनको सूद पर भी पैसे न देता। वे सूद लेने की सारी सीमाओं को लाँघ चुके थे। सूद पर पैसे उन्हीं को मिल पाते हैं, जो ब्याज समेत वापस करने में

सक्षम हों। इसी आधार पर पहले के साहूकार भी पैसे बाँटते थे, और आज बैंक भी। आज बस कुछ सुन्दर शब्दों की परत चढ़ी है। उनको लग रहा था कि बबिता की विदाई आज नहीं हो पाएगी, छह महीने का गवना रखी ही जाएगी। नात-रिश्तेदारों को पता था कि बबिता की विदाई होनी थी, अगर नहीं होती तो समाज में नाक कटनी तय थी।

तभी बबिता की माँ, ''बबिता के पापा, इंद्रदेव चाचा के पास होकर आइये, वो ज़रूर कुछ-न-कुछ हल निकालेंगे।''

इंद्रदेव जी उसी गाँव के थे। वे बहुत ही दयालु, परोपकारी और प्रतिष्ठित थे। निःस्वार्थ सेवा उनका स्वभाव था। बदले में कुछ पाने की इच्छा से की गई सहायता को सहायता नहीं, व्यवसाय मानते थे। बस ऐसे व्यवसाय में लेन-देन के बीच का समय लम्बा होता है। आज दिये तो पाँच साल, दस साल, नहीं तो फिर कभी-न-कभी तो सामने वाला लौटा ही देगा। वो अगर स्वयं नहीं लौटा पाया तो लाभ पाने वाला अपनी अगली पीढ़ी को इस एहसान की गठरी विरासत में दे ही देता है। इंद्रदेव की सेवा इन सब तुच्छताओं से परे थी। इसीलिए तो जब भी किसी की गाड़ी फँस जाती थी, तो उसके दिमाग़ में पहला नाम 'इंद्रदेव जी' का ही आता था। इंद्रदेव जी के पास समस्या पहुँचने का मतलब था, तुरन्त निदान। सैकड़ों बीघे के क़ाश्तकार। दान-धर्म में बहुत अटूट आस्था। छह फीट का कद। हमेशा ताव दी हुई मूँछें। चेहरे पर हमेशा मंद मुस्कान। बुढ़ापे में भी सूरज जैसा चमचमाता ललाट। कपास जैसे सफ़ेद बाल। छप्पन इंच का सीना। सीने के अंदर उससे भी विराट हृदय। धन, होता तो बहुतों के पास है, लेकिन देने का कलेजा कुछ एक के पास ही होता है। उन्हीं कुछ एक में से इंद्रदेव जी थे। क्रीम कलर का खादी का कुर्ता, चौड़े पट्टे वाली सफ़ेद धोती और गेरुआ गमछा उनकी पहचान थी। अपने क्षेत्र में पकड़ इतनी तगड़ी थी कि उनकी सिफ़ारिश से गाँव के अगल-बगल वाले स्कूलों में लोग सरकारी शिक्षक बन जाते थे। वो कभी बाजार चले गये तो सलामी करने वालों की भीड़ लग जाती थी। उनके व्यक्तित्व का प्रताप इतना था कि पुलिस भी उनकी जयजयकार करती थी। गाँव में कहीं जाने से पहले उनके घर जाया करती थी। पुलिस को पता था कि इंद्रदेव का गाँव वाले बड़ा सम्मान करते थे। सम्मानित आदमी के साथ चिपकने पर थोड़ा बहुत सम्मान, उधार का ही सही, मिल ही जाता है। लोग इंद्रदेव जी को भगवान जैसा पूजते थे। उनकी बातों को कोई नहीं काटता था। उनकी बातें ब्रह्मा की लिखनी थी।

बबिता के पिता के पास और कोई चारा न था, सिवाय बबिता की माँ की बात मानने के। वो बिना चप्पल पहने ही हाँफते हुए इंद्रदेव जी के घर पहुँचते हैं।

इंद्रदेव जी नीम की दातून करते हुए घर के बाहर ही मिल गए। वो स्प्लेंडर

वाली बात सुने। जल्दी से अपनी पोशाक पहनकर निकलने वाले ही थे, तभी घर के अंदर से, ''अजी सुनते हैं, चाय छन गई है।''

''बबिता की विदाई देखकर आता हूँ।'' कहते हुए इंद्रदेव जी घर से निकल गये।

इंद्रदेव जी बबिता के घर पहुँचकर लड़के के पिता से बात करते हैं। इंद्रदेव जी बबिता के होने वाले ससुर और भसुर, दोनों को बहुत समझाते हैं। उनके गाँव के बहुत सारे सम्मानित लोगों के परिचय बतलाते हैं। लेकिन लड़के के भाई पर इसका असर एक न पड़ा। वो स्प्लेंडर पे अड़ा रहा। शादी के दिन लड़के का पूरा ख़ानदान अपने आपको किसी शहंशाह से कम नहीं समझता है। स्प्लेंडर की रक़म भी बड़ी थी। इतना पैसा दान में देने में इंद्रदेव जी थोड़ी असमंजस में पड़ गए। बात भी सही थी, ईमानदारी का पाँच हज़ार कम नहीं होता। ये सारा वार्तालाप घर के बाहर बैठके में चल रहा था। घर के मुख्य द्वार पर बबिता की माँ दीवार पर टेक लेकर खड़ी थीं। पर्दे के पीछे। सरिता भी वहीं थी। माँ इंद्रदेव जी की बातों को बड़ी आस के साथ सुन रही थीं। अधीरज इतना ज़्यादा था कि वे घड़ी-घड़ी पर्दे से अपना चेहरा निकालकर लोगों को चुपके से झाँकती थीं। रात भर शादी का जागरण उनकी आँखों को मूँदने को आमादा था। झपकी डूबो रही थी। लेकिन विदाई की चिंता उनको जगाये रखने का काम कर रही थी। स्प्लेंडर की ब्रूम-ब्रूम ने उनके कानों में खलबली सी मचा रखी थी। उनका कलेजा चिंता के मारे बैठा जा रहा था। भगवान से मना रहीं थीं कि मेरी लाज रख लें ! मानो, बबिता की माँ ने इंद्रदेव जी का मन पढ़-सा लिया हो।

पर्दे के पीछे से, ''बबिता के पापा!'' वो तुरंत उठकर चौखट पर गये। दबी आवाज़ में, ''आप पाँच हज़ार ऐसे ही माँग लेंगे क्या? चाचा जी से बोलिए कि हम लौटा देंगे।''

बबिता के पापा ने ये बात इंद्रदेव जी को अकेले में ले जाकर बतायी। इंद्रदेव जी थोड़ा संकोच किये, इधर-उधर टाल-मटोल किये, लेकिन, ''चलो बेटा, आराम से, जब हो सके तब कर देना। ब्याज मत देना।''

इस प्रकार से बबिता की विदाई हो पाई। ऋण ही सही, उसका समय पर मिलना संजीवनी जैसा होता है। यहाँ पर सामाजिक प्रतिष्ठा को ऋण की संजीवनी ने बचाया था। जीवनदान दे दिया। बबिता के परिवार का अतिकृतज्ञ होना स्वाभाविक था।

सरिता जिस स्कूल में पढ़ती थी, उसी में इंद्रदेव का पोता भी पढ़ता था। दोनों की कक्षाएँ एक ही थीं। वो सरिता को बातों ही बातों में चिढ़ाया करता था। अक्सर व्यंग कसा करता था। समय के साथ ये व्यंग्य दिमाग़ की मैल बनते गए। वो अब

सरिता के रंग-रूप पर भद्दी टिप्पणियाँ करने लगा था। सरिता उसको रोकने में असफल महसूस कर रही थी। लाजवश स्कूल में भी किसी को नहीं बता पा रही थी। वो हिम्मत करके जब भी अपनी माँ को बताने की सोचती, उसको बबिता की विदाई वाला दिन याद आ जाता। उसके कंठ से कुछ निकल नहीं पाता था। उस एहसान का ताला उसका मुँह बंद कर देता था। आख़िर लाज बचाई थी। लेकिन आज उसकी लाज पे बाज मँडरा रहा था। सरिता ने उस लड़के से थोड़ी दूरी बनाना सर्वोत्तम रास्ता समझा। लेकिन, दूरी से लड़का चिढ़ने लगा, खीजने लगा।

एक दिन स्कूल समाप्त होने के बाद सरिता अकेले घर वापस आ रही थी। एक ही गाँव के दोनों थे, वो लड़का भी उस दिन उसके पीछे-पीछे था, लेकिन सामान्य दिन की तुलना में अधिक पास! सुनसान जगह को देखकर लड़का छेड़खानी करने लगा। सरिता की स्मिता दाँव पर थी, उसने पूरी शक्ति से विरोध किया। बचाओ-बचाओ ज़ोर-ज़ोर से चिल्लाने लगी। दूर से कुछ आदमियों को आता देख लड़का नौ-दो ग्यारह हो गया। सरिता रोते-रोते घर पहुँची। उस दिन उसे कुछ बोलने की ज़रूरत नहीं थी। उसके चेहरे के घाव उसकी पीड़ा के मौन गवाह थे।

माँ, "अरे सरिता, बच्ची ये कैसे हुआ?"

सरिता की आँखों से आँसू झर-झर बह रहे थे। उसने पहले कभी नहीं बताया था, लेकिन आज तो बताना ही पड़ता। वो पूरा वृत्तांत बताई, लेकिन फिर भी वो लड़का इंद्रदेव का पोता है, ये बात छुपा गई।

माँ, "आने दो बबिता के पापा को उस लड़के का दिमाग़ ठिकाने लगवाती हूँ।"

रात में जब पापा आये, ये सब सुनकर उनका भी ख़ून खौल उठा। बस अभी उस लड़के को मार ही देते, इतना उबाल!

"बच्ची, उस बदतमीज़ का नाम बता, अभी देखता हूँ।"

सरिता को मुँह खोलना ही पड़ा। 'इंद्रदेव का पोता' सुनते ही उनका ख़ून ठंडा हो गया। वहीं खटिये पर सिर पकड़कर बैठ गए। माँ भी वहीं थी, वो भी सन्न हो गई, 'इंद्रदेव' सुनते ही बुत बन गईं। ख़ुद को लाचार पा रही थीं, बबिता, विदाई, स्प्लेंडर... सब उन दोनों लोगों के सामने नाचने लगा, दो मिनट का सन्नाटा... उस सन्नाटे में एक तरफ पहले बचाई हुई इज्ज़त थी, दूसरे पलड़े पर इज्ज़त लेने का प्रयास! भूत की भलाई थी, वही वर्तमान का कुकर्म! लेकिन दोनों में एक चीज़ समान थी—लाचारी। सरिता को यह पता था, ये नाम सुनने के बाद उसके पापा के पैर नहीं उठ पाएँगे। इसीलिए वो उनको उनकी नज़रों में गिराना नहीं चाहती थी। धर्मसंकट में नहीं डालना चाहती थी। सरिता की माँ, आँसू पोंछकर गहरी साँस लेते हुए, हिम्मत वाले स्वरों में :

''बबिता के पापा, सुबह इंद्रदेव चाचा के पास जाइएगा। उन्होंने हमें कर्ज़ दिया था, लेकिन उस एहसान की कीमत सरिता के साथ हुए कुकर्म से नहीं चुकाने दूँगी। अन्याय है। चुप नहीं बैठूँगी। अगर आज कुछ हो जाता तो...''

सरिता के पापा कुछ बोल नहीं पाए। सरिता के आँसू उनको सुबह की प्रतीक्षा करा रहे थे। लेकिन एहसान उनके पैरों की बेड़ियाँ बन रहा था। इंद्रदेव जी कैसे इस बात को सुनेंगे। गुस्सा होंगे, मुझे एहसान फ़रामोश ठहराएँगे?... गाँव में ये बात फैलेगी तो बदनामी उनकी बेटी की हो होगी। लड़की की लाज हमेशा दाँव पर रहती है और वो भी कमज़ोर बाप की लड़की की तो और भी। कुछ साल बाद उसकी शादी भी करनी थी। छीछालेदर होने का डर सताए जा रहा था। इन्द्रदेव चाचा बहुत प्रभावशाली भी हैं, पुलिस में भी बहुत साख है। कहीं मुँह की न खानी पड़ जाए। इन्हीं सब उठा-पटक कें बीच करवट बदल-बदलकर सुबह हुई। घर से पिता को जाते देख सरिता को संतोष हुआ। उसको थोड़ा न्याय मिलता दिख रहा था। सरिता के पिता का हर पग उसी रात वाली ऊहापोह के गड्ढों में पड़ रहा था। इंद्रदेव जी के घर से घटती दूरी के साथ उनकी धड़कनें तेज़ हो रही थीं। चेहरा पीला पड़ता जा रहा था। यहीं से लौट जाता हूँ, ऐसे भी विचार आ रहे थे। तभी दातून करते हुए इंद्रदेव जी से देखा-देखी हो गई।

''आओ बेटा, कैसे हो? ...बैठो।'' घर की ओर, थोड़ी ऊँची आवाज़ में, ''बाबू, चाचा के लिए चाय ले आना थोड़ी।''

हाल-चाल हुआ। फिर चाय लेकर इंद्रदेव का वही पोता आया। वो सरिता के पापा को देखकर सहम गया। वो समझ गया, आज तो उसकी अच्छे से धुनाई तय थी। नज़रें चुराकर, धीरे से चाय रखकर भाग गया।

इंद्रदेव जी, ''कुछ कहना चाहते हो बेटा, क्या बात है?''

सरिता के पापा, ''नहीं चाचा जी, बस ऐसे ही, बहुत दिन हो गए थे आपसे मिले हुए।''

बोलने की हिम्मत नहीं कर पा रहे थे। कैसे बोलें? इंद्रदेव बबिता के पापा के अंदर की हलचल को झाँक लेते हैं और इसकी वज़ह का अंदेशा लगाते हुए, ''बबिता के ससुराल में सब ठीक तो है न बेटा?''

बबिता का नाम सुनते ही सरिता के पिता को वो विदाई के दिन का दृश्य जीवंत हो उठा। फिर वो सरिता वाली बात कहने की हिम्मत नहीं कर पाए।

''हाँ चाचा जी, आपकी बहुत आभारी रहती है।...''

थोड़ा टाल-मटोल करते हुए सरिता के पिता को लगा कि अब आने का कारण तो कुछ-न-कुछ बताना ही पड़ेगा। अन्यथा चाचा जी को संदेह होगा।

''चाचा जी, हम थोड़े दिन में पैसे लौटा देंगे।''

''इतनी सी बात के लिए एकदम तड़के आये हो बेटा। कोई बात नहीं

है...इतनी चिंता मत करो।''

सरिता के पापा चाय पीने के बाद घर के लिए वापस चले आते हैं। फिर उनके मन के अखाड़े में वहीं दंगल शुरू हो उठे। क्यों नहीं बोल पाए? आख़िर उन्होंने कर्ज़ ही तो लिया था। जो कि वापस करने ही वाले ही थे। क्या ब्याज़ की माफ़ी ने उनका मुँह बंद कर दिया? एक बेटी की इज्ज़त की कीमत दूसरी बेटी की बेइज्ज़ती से चुकानी पड़ी? वो अब घर जाकर सरिता से क्या बोलेंगे? इन्हीं सब के बीच घर पहुँच गए। घर के बाहर माँ-बेटी उनकी राह देख रही थीं। सरिता को बड़ी ख़ुशी थी, उसको न्याय मिल गया। उसका दर्द सुना गया। उसके पिता ने हिम्मत दिखाई और उसका साथ दिया। अब उसको स्कूल में परेशानी नहीं होगी।

सरिता की माँ, ''क्या बोले चाचा?''

''बहुत डाँट-फटकार लगाए। मैं वहाँ से जल्दी ही चला आया...शायद हाथ भी छोड़े हों...''

सरिता ने राहत की साँस ली।

उस दिन इंद्रदेव के पोते ने सरिता के पापा के आने का उद्‌देश्य जान लिया था। उसको लगा कि उसके बाबा को उसकी हरकतें पता चल गई हैं। बस वो बाबा के गुस्से के फूटने के दिन की प्रतीक्षा में था। इस वहमवश वो सरिता से दूर रहने लगा।

सरिता के पापा अपनी बेटी से बोले झूठ पर बहुत पछताते रहे। कृतज्ञता की गठरी सरिता से अन्याय कर चुकी थी। लेकिन उनको सरिता की सुरक्षा को लेकर चिंता होती थी। वो फिर से इंद्रदेव चाचा को सच बताने की हिम्मत जुटाने में लग गए...

गठरी वापसी

झूठ बोलना एक बात है, उसको पचा जाना एक कला। जो रोटी की जंग में धूनी रमाए रहते हैं, उनकी आँतें इस कला में कमज़ोर होती हैं। अनपच हो ही जाता है। वे छोटा सा भी झूठ बोलकर पश्चाताप की अग्नि में दहकते रहते हैं। सरिता के पिता के साथ भी यही हुआ। उस दिन सरिता और उसकी माँ से बोला हुआ झूठ कोई छोटा झूठ नहीं था। इस झूठ से वो बेटी की लाज को समय के साहूकार को गिरवी रख आए थे। समय ने क्या छुपा रखा है, उसकी कल्पना और प्रार्थना मात्र की जा सकती है। वो अपने इस कृत्य के कारण तपने लगे। रातों की नींद उड़ गई। दिन में आँखें लाल रहने लगीं। वे खोये-खोये से, बेसुध होते गए। हरदम मन में वही बात मथती रहती थी। वे दिन-रात उस एक एहसान के भवसागर को तैरकर इंद्रदेव चाचा के पास जाने की हिम्मत जुटाने में लगे रहे। सरिता की माँ कक्षाएँ कम जा पाई थीं, लेकिन चेहरे पढ़ने में माहिर थीं। उन्होंने सरिता के पिता की मन:स्थिति को भाँप लिया। वो पति से बात करने का मौका ढूँढ़ने में लग गई। एक दिन जब सूरज दिन

भर दहककर धरती की आँखों से ओझल होता जा रहा था। संध्या की बेला थी। आसमान में सूरज की सुनहरी किरणें नील-गगन में मिलकर नीलिमा और लालिमा के बीच अनंत नए रंगों का सृजन कर रही थीं। पक्षियों के झुंड दिनभर दाना चुगने के बाद अपने घरौंदों को वापस जा रहे थे। दिन और रात के संगम की गोधूलि बेला थी। सरिता के पिता उस दिन काम पर नहीं जा सके थे। उनका काम में मन कहाँ लगता? दिन भर इधर-उधर समय काटकर वे भी घर वापस लौटे। उनकी थकान दिन भर तपने वाले सूरज से ज़्यादा दिख रही थी। मन की मायूसी, मन की थकान शारीरिक थकान से कहीं अधिक दिख जाती है। शरीर से थका आदमी बिस्तर पाते ही नींद की बाँहों में चला जाता है, लेकिन मन से थके आदमी के लिए बिस्तर एक बहाना होता है, एक छलावा। उसको बिस्तर पर सपने नहीं आते, बल्कि छत, आसमान, तारे दिखते हैं। सरिता की माँ ने उस दिन बात करना उचित समझा। सरिता के पिता आँगन में बिछी चारपाई पर लड़खड़ाते हुए बैठे। मानो उन्होंने अपने शरीर पर नियंत्रण ही खो दिया हो। सरिता की माँ ने उनको हाथ में गुड़ और लोटे का पानी दिया। वो उस खटिये के पास ज़मीन पर ही बैठ गई,

"सरिता के पापा, सब ठीक है न? बहुत दिनों से देख रही हूँ, आप कुछ बोलना चाह रहे हैं।"

"नहीं..नहीं... बस आजकल थोड़ी तबियत ठीक नहीं रहती है।"

"क्या हुआ?"

"अरे, कुछ ख़ास नहीं, बस ऐसे ही।"

वो बोलते समय नज़रें चुराकर बोल रहे थे, जिससे सरिता की माँ का शक़ का सिपाही और ईमानदार होता जा रहा था। सरिता के पिता, थोड़ा सफाई देने का प्रयास करते हुए, "भीतर बुख़ार है।"

"भीतर बुखार क्या होता है? आपको नई बीमारी हो गई है क्या?" सरिता की माँ बोलीं।

सरिता की माँ थोड़ी मुस्कराती हुई, अपने पति की झुकी हुई नज़रों को देखती हुई, "किसी बात की चिंता है? सरिता की शादी की सोच रहे हैं?"

"अरे नहीं..., तुम बहुत दूर की सोचती हो।"

सरिता की माँ इससे पहले आकलन के दूसरे गुलेल अपने पतिदेव के मन की चिड़ियाँ पर चलातीं, सरिता के पापा को लगा कि अब सच बताना ही पड़ेगा, नहीं तो वो सरिता की माँ की छठी इंद्री से बच नहीं पाएँगे। अभी वो मुँह खोलने ही वाले थे कि सरिता विद्यालय से घर वापस आ गई, हाँफते हुए। उसकी हालत देखकर कमज़ोर हृदय वाला आदमी हृदयाघात से ज़रूर मर जाता।

सरिता के बिखरे, लटपटाये बाल। चोटी बाँधने वाले खुले हुए फीते। दोनों

गालों पर उँगलियों के लाल-लाल निशान। दुपट्टा? आज पहली बार उसके पास नहीं था। जहाँ-तहाँ फटी समीज। तर-बतर पसीने से लथपथ। ऊपर से नीचे तक वो ऐसी लग रही थी कि किसी डकैत ने सेंध मारी हो और घर में कुछ न मिलने के कारण वो घर को अस्त-व्यस्त करके भाग गया हो। आज उसकी आँखों में आँसू नही थे, एक गुस्सा था। विश्वासघात से उत्पन्न आक्रोश। किसने किया था? जिस पर बेटी संसार में सबसे अधिक भरोसा करती है : उसके पिता ने। उसको अपने माँ-बाप को दिखाने और बतलाने के लिए उस दिन कुछ नहीं था। एक बार वो अपनी पीड़ा दिखा चुकी थी, लेकिन किसी ने नहीं देखा। ये 'अंधे के आगे रोना, अपना दीदा खोना' वाली बात हो चली थी। वो दोनों सरिता के लिए अस्तित्व शून्य हो गए थे। महाभारत के धृतराष्ट्र और गांधारी सरीख़े। आज फिर द्रौपदी के चीर पर किसी ने हाथ डाला था। वो सीधे कमरे में चली गई। अंदर से सिटकनी चढ़ा ली। उसकी चाल में आज बग़ावत की धमक थी।

कहते हैं 'संकल्प से सिद्धि'। ठीक उसी तरह मन में घर किया हुआ डर भी साक्षात प्रकट हो सकता है। सरिता के पिता का डर भी उनके सामने खड़ा था। उनकी परिकल्पना यथार्थ थी। इसी अनहोनी को रोकने के लिए तो साहस जुटा रहे थे। पिछली बार की तरह अपनी बेटी की दुर्दशा देखकर इस बार उनका ख़ून नहीं खौला, बल्कि साँप सूँघ गया। सरिता की माँ एकदम स्तब्ध थीं। उस एक क्षण के सरिता के दर्शन ने उनके मन में हजारों सवाल छेड़ दिए। अब ये किसने किया? एक से बचे नहीं, दूसरा आ गया। कैसे बचें? क्या कमज़ोर की कोई मर्यादा भी है? पुलिस के पास जाएँ... ? उन्होंने अपने पति की ओर देखा। प्रतिक्रिया में उनका मौन और सूखे, निर्जीव पेड़ जैसी जड़ता थी, अथाह लाचारी में डूबा हुआ मस्तक। ये सब पति पर पहले से ही बने हुए संदेह को बहुगुणित कर रहा था। माता पल भर के आकलनों के इन बवंडरों को निरस्त करने और सच्चाई जानने की प्रबल इच्छा लेकर उठीं। फिर से कृत संकल्प। शक्ति रूपेण। पिता भी अनभिज्ञ होने का झूठा नाटक करते हुए शक्ति की गति को पकड़ने पीछे-पीछे गये। माँ अभी सरिता के कमरे की किवाड़ खटखटाने ही वाली थीं, तभी सरिता की स्कूल की सखी हाँफते हुए आँगन में आ पहुँची। जैसे वो सरिता को दौड़ाकर पकड़ना चाहती हो, लेकिन सरिता कुछ कर गुज़रने की तेज़ी में हाथ न आ पा रही हो। माथे से टप-टप पसीना। मन-मस्तिष्क में एक भय। ज़बान पर कुछ बताने की बेचैनी।

सरिता की माँ चौखट पर, "अरे सरोज, ये सब कैसे हुआ?"

सरोज के पास ऐसी कोई गठरी नहीं थी, जो उसे जवाब देने में उसका कंठ रूढ़ती। उसने दम भरते हुए बोला, "चाची, इंद्रदेव का नाती..."

माँ ये नाम सुनकर एकदम चौंक गईं। पति की ओर गुस्से भरी निगाहों से,

"उस दिन आपने सही में इंद्रदेव चाचा से बोला था या..."

पति से सच की आसान उम्मीद न रखते हुए उन्होंने सरोज से पूछा,

"साफ़-साफ़ पूरी बात बता तू।"

सरोज, बीच-बीच में दम भरते हुए, "जिस दिन चाचा इंद्रदेव बाबा के घर से वापस आये, उसके अगले दिन से ही वो लड़का सरिता से दूर रहने लगा। थोड़ा शांत भी रहता था। लेकिन, आज सरिता ने ही उसे 'उस दिन अपने बाबा से मिली फटकार और मार' की याद दिलाकर चिढ़ा दिया। वो गुस्से में सरिता को सबके सामने ही जलील करने लगा। वो बोल रहा था कि अभी तक बाबा ने तो मारा नहीं, बार-बार एक ही ग़लती के लिए कितना मारेंगे। सब लोग चुपचाप खड़े होकर तमाशा देखते रहे। वो सरिता को पीटने लगा, उसके कपड़े फाड़ने लगा, जगह-जगह नोचने लगा। भद्दी-भद्दी गलियाँ देने लगा। ख़ुद को असहाय देखकर आज सरिता ने बहुत हिम्मत दिखाई। सरिता ने भी ईंट से उसका सिर फोड़ दिया। कलमुँहा वहीं धड़ाम से गिर पड़ा, बेहोश हो गया। स्कूल वाले उसको आनन-फानन में लेकर हॉस्पिटल गये।"

दुर्गा अब चंडी बन गई, रण चंडी। मन में किसी की एक न सुनने का उन्माद। उस अभिमानी लड़के का दमन करने का गुस्सा। आज उनके मान-मर्दन का प्रयास हुआ था, दूसरे के मान-सम्मान की कोई फ़िक्र वो कैसे कर सकती थीं, चाहे वो कभी लाज बचाने वाले इंद्रदेव ही क्यों न हों? अब किसी गठरी का दबाव नहीं था। माता ज़ोर-ज़ोर से किवाड़ का दरवाज़ा पीटने लगीं। हाथों की चूड़ियाँ चन-चन चकनाचूर होकर चौखट पर बिखर गईं। एकदम सरिता की लाज की तरह।

"सरिता, बच्ची दरवाज़ा खोल। चल मेरे साथ इंद्रदेव के घर।" बहुत मनाने पर सरिता ने दरवाज़ा खोला, लेकिन आज भी उसको न्याय की उम्मीद ज़्यादा नहीं थी। पिछली बार वाली उम्मीद आज धू-धू करके विश्वासघात के कुंड में स्वाहा हो चुकी थी। नज़रें झुकाए। आंखों में अब अंगारे नहीं, चिर मायूसी।

सरिता की माँ, "कपड़ा बदल ले, चल मेरे साथ।"

सरिता के पिता की आज कोई पूछ न थी और उनको कुछ पूछ सकने की हिम्मत भी नहीं थी, सरिता की माँ के दिमाग़ में क्या चल रहा है? सरिता कपड़ा बदलकर कमरे से बाहर आई। माँ की नज़रों में उसको आज फिर से एक भरोसे की चिंगारी दिखी। भरोसा, जो कुछ करके ही मिलता है। भरोसा, आने में इतराता है, लेकिन जाने की जल्दी में रहता है। माँ की आँखों की चिंगारी ने सरिता की मायूसी में एक उम्मीद जगा दी। क्या आज न्याय मिल जाएगा? क्या सरिता पुलिस के पास जा रही थी? इंद्रदेव के घर जा रही थी? कोई इसका आकलन नहीं लगा सकता था। सरिता की माँ, सरिता, और सरोज आँगन होते हुए मुख्य द्वार से बाहर निकले। पिता

भी पीछे-पीछे। दूर से कोई आते हुए दिखा। वे इंद्रदेव चाचा थे। चाचा के क़दमों में आज थोड़ी शान कम थी। एक क्षण के लिए तो वो झिझकीं, सामना नहीं कर पाएँगी। रह-रहकर गठरी अपनी झाँकी उनके मन में दे जा रही थी। बबिता, विदाई, स्प्लेंडर, लाज, पाँच हज़ार..., लेकिन माँ ने आज इन सब चट्टानों को काट डाला। आज विशालकाय पर्वत को झकझोरने की इच्छा लौह-इच्छा थी। पहाड़ को पीसकर उसका चूरन बनाने पर आतुर, सरिता की माँ। एकदम सिंहनी का अवतार बन गईं।

कोई अगर पसंद आता है तो उसकी बुराइयों की भी वक़ालत होती है, लेकिन वही आदमी अगर न अच्छा लगने लगे, तो उसके सारे गुण पल भर में दोष बन जाते हैं। किसी को पसंद-नापसंद करने में हमेशा थोक वाला व्यवहार मिलता है। किसी को किसी की सारी चीज़ें, व्यवहार रास आते हैं। वही आदमी उसको न पसंद करने वाले के लिए फूटी आँख भी नहीं सुहाता है। प्रत्येक गुण-दोष पसंद अथवा नापसंद करने का ख़ुदरा व्यवहार कम दिखता है। कौन दिमाग़ पर ज़ोर डाले? थोक वाला ही आलसी व्यापार सही है। उस दिन इंद्रदेव चाचा के स्वागत में भारी गिरावट दिखी। चेहरे की रौनक आज धूल चाटती हुई नज़र आ रही थी। उनकी ठाठ में आज खाट भी नहीं बिछी। उनको भी तिरस्कार के संकेत मिल गए थे। आज उनकी भी परीक्षा थी। शायद आज पहली बार उनकी अवमानना होने वाली थी। वो कैसे प्रतिक्रिया करेंगे, उनको स्वयं नहीं पता था। वास्तव में ऐसा पहली बार होने जा रहा था, जब बात कटने की संभावना प्रबल थी। माँ-इंद्रदेव आमने-सामने, दो हाथों की दूरी पर। माँ के पीछे सरिता, इंद्रदेव बाबा की मूँछें उखाड़ फेंकने को आमादा। उसके बग़ल में सरोज, सखी की बदहाली की साक्षी। दूर पीछे कहीं पर लाचार पिता। पिता को डर हुक्का-पानी बंद होने का भी था। जो कुछ सरिता की माँ आज कह पाएँगी, शायद वो कभी नहीं कह सकते थे। उनको घर से बाहर लोगों के बीच उठना-बैठना पड़ेगा। इंद्रदेव से टक्कर मतलब 'जल में मगरमच्छ से बैर'। पहले कौन शुरू करे? कुछ पलों के मौन के बाद सरिता की माँ, थोड़ी काठ जैसे सख़्त आवाज़ में,

"आप सामने से हट जाइये।"

"बबिता की मम्मी, हट जाऊँगा, कहाँ जा रही हो? जो हुआ उसका मुझे बेहद खेद है।"

सरिता की बाँहों को पकड़कर ज़ोर से खींचकर आगे करते हुए, "खेद से ये घाव मिट जाएँगे, चाचा?"

इंद्रदेव जी, सरिता की ओर देखते हुए, "चलो बेटा, अभी गाँव वाले डॉक्टर साहब को दिखा लो, मरहम-पट्टी करवा लेते हैं।"

"अच्छा! गाँव का झोला छाप डॉक्टर क्यों मरहम-पट्टी करेगा? शहर

जाएगी।''

दीनानाथ जी, इधर-उधर नज़रें फेरते हैं, थोड़ा झेंपते हुए, धीमी आवाज़ में, ''अरे घर की बात घर में ही रह जाए तो अच्छा रहता। आख़िर सरिता ने भी तो उसका सिर फोड़ दिया।''

''चाचा, नहीं तो उस करमजले की आरती उतारती?''

इंद्रदेव जी अपनी अच्छाइयों के लिए विख्यात थे। आज अनजाने में ही कुछ अच्छा नहीं बोलते जा रहे थे। उनको स्वयं होश नहीं था, वो किस धारा में बहते जा रहे थे। कहा-सुनी का क्रम शुरू हो गया, बिगड़ता गया। इंद्रदेव जी, अब थोड़ी कड़क आवाज़ में, ''छोटी सी बात के लिए इतना हंगामा मत करो। आपस में समझ लेते हैं, मेरी मान-मर्यादा का भी ध्यान करो।''

अपनी बातों का सरिता की माँ पर कोई प्रभाव न पड़ता देखकर, ''तुम सब एकदम एहसान फ़रामोश हो। अपने दिन भूल गई?''

सरिता की माँ को जैसे इंद्रदेव ने उकसा दिया हो, एकदम धारा प्रवाह, ''चाचा, आपने हमारी लाज बचाई, हम मानते हैं। एक पत्ती तुलसी और गंगाजल की कुछ बूँदे प्राण-पखेरू उड़ने के ठीक पहले सीधे मुक्ति दिला देते हैं। माया-जाल को पार करा देते हैं। ये दोनों अगर ठीक उसी समय न मिलें, तो चाहे तुलसी का पूरा बग़ीचा हो या फिर पूरी गंगा मैया मिल जाएँ, बेमतलब हो जाते हैं। आपने उस दिन हमें पचास हजार का तुलसी-दल दिया, हमारी लोगों में थू-थू होने से मुक्ति दिलाई, हम आपका बहुत एहसान मानते हैं। बबिता आज भी इस परोपकार के लिए आपको भगवान मानती है। आपका कर्ज़ वापस करके भी हम आपकी नेकी को नहीं चुका सकते हैं, लेकिन आज आप उस एहसान की क़ीमत माँग रहे हैं। आप अपने एहसानों से लोगों को ग़ुलाम बनाना चाहते हैं? बोझ से दबाना चाहते हैं? मैंने तो सुना था कि आप निःस्वार्थ सेवा में भरोसा रखते हैं, फिर ये आप कैसी क़ीमत माँग रहे हैं? लाज के बदले लाज?''

दमन वकालत सिखा देता है। सच्चाई आज अपना केस खुद लड़ रही थी। अपनी भावनाओं, तथ्यों, दलीलों को सीधे जज के सामने रख रही थी। किसी वकील की बैसाखी के बिना। शब्दों की धार हंसिये और गड़ासे से भी प्रखर थी। सरिता की माँ की इन दलीलों ने इंद्रदेव को हिला दिया। जड़ से चेतन बना दिया। वहाँ आने से पहले उनके अंदर एक जड़ता थी : 'मेरी बात मान ही ली जाएगी'। इंद्रदेव जी को अपराध बोध हो चुका था। सिर शर्म से झुक गया। असल में वो वही थे, निःस्वार्थ सेवा में अटूट भरोसे वाले। लेकिन उनको बिना बताए, उनकी अनुमति के बिना एक बिमारी घर कर गई थी। मदद का अप्रत्यक्ष मूल्य वसूलने का रोग। सहायता करने वाला मदद पाने वाले से एक उम्मीद लगा बैठता है—कुछ भी हो।

सामने वाला मेरी बात नहीं काटेगा। चाहे वह 'बात' अनैतिक हो या फिर अन्याय की जन्मदाता। माँ के उन शब्दों ने इंद्रदेव के उस अपरिचित रोग का एक्स-रे करके नंगा कर दिया। सरिता की माँ की आँखों में बोलते-बोलते बेबसी के झर-झर आँसू। बग़ल में सरिता, पीछे सरोज सबकी आँखें नम हो गईं। माँ ने सरिता के मन को अपने बेबाक़ स्वर दे दिए थे। थोड़ी दूरी पर खड़े सरिता के पिता थोड़े भयभीत थे, अब क्या होगा? हिरणी अपने बच्चे के लिए शेर से भिड़ गई थी। शेर की प्रतिक्रिया से डर था। इस प्रतिक्रिया का चिर कालीन परिणाम भी हो सकता था।

इंद्रदेव चाचा ने हाथ जोड़कर सरिता, उसकी माँ और उसके पिता से अनजाने में दिए गए दबाव के लिए माफ़ी माँगी। सरिता को शहर वाले बढ़िया हस्पताल ले गए। वहाँ पर पुलिस केस भी हुआ, जिस पर प्रतापी इंद्रदेव ने कोई दबाव नहीं दिया। उस दिन सरिता का परिवार गठरी से मुक्ति पा चुका था...।

आधी शहादत

27 जनवरी 2020 का दिन था। आसमान से गुलाब की पंखुड़ियों के हवा में बिखरने के साथ ही तिरंगा उमंग में झूम उठा। जैसे किसी पंछी को कोई हाथ में पकड़ा हो, और उसे छोड़ दे। पंछी अपने पंख इतने ज़ोर-ज़ोर से फैलाता, मानो उसको क़ैद की छाया से भी कोसों दूर गगन में जाना हो। तिरंगा भी ऐसी ही आज़ादी का जश्न मना रहा था। हवा में उछली पंखुड़ियाँ भी मुक्ति का एहसाह पाकर हवा में बेदिशा घूम रही थीं। उनको भी तिरंगे की गठरी से आज़ादी मिली थी। अब वे भी स्वतंत्र थीं। हवा का आसमानी सफ़र पूरा कर आख़िरकार वे धरती पर आ ही गिरीं। कितना हूँ ऊँचा उठो, मगर धरती पर ही लौटना पड़ता है, इस बात को ये फूल भी सिद्ध कर रहे थे। बहुतेरे फूलों के क़तरे ज़मीन को छूकर मिट्टी में मिल गए। वे अपने आपको अंततः गुले

गुलज़ार कर गए। तिरंगे से चली पंखुड़ियों में से कुछ ने सेना के भूतपूर्व सूबेदार विक्रम पाण्डेय के कटे पैरों को भी छुआ। घुटने के नीचे के उनके दोनों पैरों को काटना पड़ा था। पग आतंकवादी मुठभेड़ की भेंट चढ़े थे। वो लोग 27 जनवरी को झंडा किस बात का फहरा रहे थे? गणतंत्र दिवस को एक दिन बाद याद करने का? नहीं! आज़ादी की लड़ाई में अनेको वीर सपूतों ने योगदान किए। कुछ ने रस्सी चूमी, तो कुछ अँग्रेज़ी गोलियों को सीने में गुदवा लिये। कुछ वीरों ने अहिंसा से विरोध जताया, तो कुछ ने ईंट का जवाब पत्थरों से दिया। असंख्य बलिदानों से आज़ादी मिली। यह आज़ादी हमेशा हमारे पड़ोसी देशों को खलती रही, और वे अनेको प्रकार से भारत में दहशत और अस्थिरता का माहौल बनाने में लगे रहे। वे सीधे-सीधे कई बार मुँह की खाने के बाद, अब अप्रत्यक्ष जंग शुरू किये थे।

वे लोग हमारे देश में आतंकवादियों को भेजते रहे, जिनसे रक्षा करने में हमारे सेना और पुलिस के जवान आज भी अपने प्राणों की बलि दे रहे हैं। उस दिन मेरे ही गाँव के एक फ़ौजी की शहादत की बरसी थी। यह दिन मेरे और गाँव के लिए किसी भी स्वतंत्रता दिवस से कमतर न था, क्योंकि इन्हीं आहुतियों के बलबूते तो हम आज भी आज़ाद बने घूमते हैं। किसी मक़ाम पर बने रहना, उस मक़ाम को पाने से अधिक कठिन होता है। आज़ादी के शिखर पर हमारे डेरे-डंडे को गाड़े रहने वाले सैनिक अगर अपने गाँव के हों, तो इससे अधिक गर्व की और क्या बात हो सकती है। उस दिन मैंने अपनी पत्रकारिता के दूसरे कामों को स्थगित कर दिया था, और अपने गाँव के शहीद हुए स्वर्गीय कर्नल राहुल राय की यादों को सलाम करने समारोह में गया था। कर्नल राय उस स्कूल से पढ़े थे। उनके सम्मान में स्कूल प्रत्येक वर्ष यह कार्यक्रम आयोजित करता था। सब लोग उनकी यादों को नमन करते। तिरंगा फहराने का सौभाग्यशाली काम सूबेदार विक्रम पाण्डेय के हाथों होता। शहीद कर्नल राहुल और भूतपूर्व सूबेदार विक्रम बचपन के दोस्त थे। दोनों एक ही साथ उसी स्कूल से पढ़े थे। आतंकवादियों के साथ मुठभेड़ में गई टीम में ये दोनों भी थे।

कर्नल राहुल और उनकी टीम ने आतंकवादियों को नाकों चने चबवाने के बाद उनको घुटने टेकने पर मजबूर कर दिया। घर में छिपे आतंकवादियों ने आत्मसमर्पण करने का झूठा आडम्बर रचा। बातचीत के लिए कर्नल राहुल आगे गये। अगर वो अपना बुलेट प्रूफ़ कवच पहने रहते, तो आज भी देश रक्षा में नये कीर्तिमान स्थापित करते। उसी साल उनको गणतंत्र दिवस पर युद्ध सेवा मेडल से नवाज़ा गया था। वे उन लोगों में से न थे, जो अपने मेडल को निहारते और ख़ुद पर गर्व महसूस करते। यह काम वे दूसरों पर छोड़ते थे। हर समय देश-देश-देश की बातें उनके मन में बैठी रहतीं। 26 जनवरी को मिले मेडल ने अगले दिन ही आतंकवादियों से लोहा लेने के जोश को दुगुना कर दिया था। आतंकवादियों के आत्मसमर्पण के ढोंग से वे शहादत को प्राप्त हो

गए। उनके मित्र सूबेदार विक्रम पाण्डेय भी बलि दिये—अपने दोनों पैरों की। ऑपरेशन के दौरान भेड़ियों द्वारा फेंके गए बम ने विक्रम पाण्डेय से उनके पैर छीन लिये। वे अपाहिज हो गये। एकलव्य का अँगूठा अगर कट जाए, तो वो किस काम का धनुर्धर? सेना ने भी अपनी नीतियों के मुताबिक़ उनको किसी काम का न समझा, और उनके नाम सेवानिवृत्ति और पेंशन का फ़रमान जारी कर दिया।

उस दिन मैंने सोचा कि शहीद राहुल राय के बारे में तो सब जानते हैं। वे क्यों न उस दिन सूबेदार साहब की आपबीती भी सुनें, जिनकी आधी क़ुर्बानी का ज़िक्र मीडिया, अख़बारों में कहीं भी नहीं था। शायद अपने दोस्त की तरह वे भी अगर शहीद हो गए होते, तो उनको भी लोग उतना ही याद करते, जितना उनके दोस्त को याद करते हैं। स्कूल का कार्यक्रम समाप्त हो गया था। सूबेदार साहब अपनी व्हीलचेयर के पहियों को अपनी बाहुबली भुजाओं से धकेलते हुए घर की ओर चले जा रहे थे। मैंने उनका पीछा किया पैदल।

उनकी व्हीलचेयर के पीछे पहुँचकर, ''सूबेदार साहब, आइए आपको घर छोड़ देता हूँ।''

सूबेदार विक्रम, ''पत्रकार बंधु, क्यों हम पर तरस खा रहे हो? हमारे पैर कटे हैं, हाथ नहीं।''

मैं, ''नहीं सूबेदार भाई, मैंने ऐसा कब कहा, मैं भी यहाँ से घर ही जा रहा हूँ। सोचा की आपसे बातें करने में दो क़दम का सफर और जल्दी कट जाएगा। फिर सेना की बातें सुनने का अपना एक अलग आनंद है।''

सूबेदार, ''तो ये बोलिए न, घुमा-फिराकर बातें करना सेना में मना रहता है। सीधे-सीधे बोलना और सुनना सिखलाया जाता है।''

तब मुझे लगा कि लोग (एक सैनिक आजीवन सैनिक होता है) वाली बात क्यों बोलते हैं। आत्मसम्मान उनके चेहरे से छलक रहा था। अभी भी उनकी ताव भरी हुई मूँछों में उनके अंदर का सैनिक झाँकी दे रहा था। मैं उनके बगल में चलता गया। उन्होंने अपनी व्हीलचेयर के पीछे मुझे जाने तक नहीं दिया। बहुत सारी बातें उन्होंने अपने आर्मी के दिनों की बताईं। जिस आतंकवादी ऑपरेशन ने उनसे उनका दोस्त छीना, और उनकी टाँगें ले लीं, वे उसकी भी बारीक़ी से चर्चा किये। उन्होंने एक बात बोली जो मुझे उनके अभी के जीवन के बारे में और उत्सुकता बढ़ा दी।

उन्होंने कहा, ''जैसे कर्नल साहब रंगमंच से चले गये, क़ाश, उस दिन मेरे जीवन का पर्दा भी गिर गया होता।''

सूबेदार की इन बातों में एक असंतोष का बीज था, एक मायूसी थी। मैंने थोड़ा कुरेदना शुरू किया।

''सूबेदार साहब, चाहे आप आर्मी में हों या नहीं। पर्दा पड़े, न पड़े, आप आज

भी तो सूबेदार ही कहलाते हैं।"

यह बात सुनकर सूबेदार साहब झल्ला-से गए। अगर मैं उनके थोड़ा और क़रीब चल रहा होता, तो वे ज़रूर मुझे मार-पीट देते। पत्रकारों को तो पिटने और जान जाने तक के लिए हर समय तैयार रहना पड़ता है। पत्रकार का कौन सा सवाल किसको न रास आए, किस ख़बर को पढ़कर कौन आदमी मेरे नाम की सुपारी दे दे, कुछ कह नहीं सकते।

सूबेदार विक्रम, "पत्रकार भाई, गाली दे लो, अगर भड़ास निकालनी हो, तो दो-चार थप्पड़ मार लो, लेकिन ये सब बातें करके जले पे नमक मत छिड़को बंधु।"

सूबेदार साहब की बोली में कड़वाहट कूट-कूटकर भरी पड़ी थी। उनका चेहरा देखकर मुझे बचपन की एक घटना याद आ गई। बस पकड़कर मैं कहीं जा रहा था। बस में एक फ़ौजी भी थे। वे सीमा से गाँव के सफ़र पर निकले थे। वो बस के ड्राइवर के बग़ल में बैठे थे। बहुत देर से बस एक जगह खड़ी थी। हर जगह सवारी देखकर ड्राइवर बस रोकता, और कंडक्टर पहले से ही ठसाठस भरी बस में लोगों को भेड़-बकरियों की तरह ठूँसता। बस का कंडक्टर जब तक सवारी को परत-दर-परत सरिया न ले, तब तक बस का ड्राइवर क्लच पर हाथ-पैर न रखे। आर्मी वाले के लिए समय मतलब होता है—समय। मुझे लगता है कि वे अपना जीवन सालों में नहीं , सेकेंडों में मनाते होंगे। वे हर घड़ी जीवन का हिसाब रखते होंगे। अपने घर-परिवार से पता नहीं कितने दिनों से न मिले उस सिपाही की व्याकुलता बढ़ती जा रही थी। वह चुपचाप इधर-उधर देख रहा था। बस जब तीसरी बार रुकी, तो उसकी व्याकुलता अपने चरम पर थी। जब बस वहाँ से चली तब सिपाही ने अपनी लाल हुई आँखों से ड्राइवर से पूछा, "क्या टाइम हो रहा है?"

ड्राइवर ने अपनी एच.एम.टी. की घड़ी देखी, और फट से बोला, "दस"

घड़ी केवल ड्राइवर के पास न थी। बग़ल के एक महाशय ने भी झट से देश सेवा करने वाले की सेवा में अपना क़ीमती वक़्त निछावर कर दिया। लेकिन उसने समय बताया—10 बजकर 5 मिनट। अब पहले से ही ग़ुस्से से उबल रहे सिपाही ने उस आदमी की घड़ी में ख़ुद टाइम देखा। फिर ड्राइवर से पूछा कि उसने पाँच मिनट क्यों कम बताया। ये पाँच मिनट का घोटाला उसने क्यों किया? पाँच मिनट कम बताने का फल यह हुआ कि ड्राइवर ने जब तक सिपाही को उसके स्टॉप पर उतार नहीं दिया, तब तक कहीं से भी सवारी नहीं उठाई। सिपाही ने उन पाँच मिनटों का हिसाब ऐसा लिया हो, जैसे यमराज नर्क में ड्राइवर के कुकर्मों को गिना रहे हों, और वो बोल रहा हो कि एक बार मुझे और मौक़ा दो। ड्राइवर का ध्यान सड़क पर कम था, और सिपाही की ओर ज़्यादा। सिपाही के घट्टे पड़े हाथों से थप्पड़ पाने का ख़तरा उसके गालों पर मँडरा रहा था। मैंने सोचा कि सिपाही ने पाँच मिनट पर जब ड्राइवर को इतनी फटकारें लगा दीं, तो अगर वो आठ बजे बोलता और घड़ी में दस बज रहे होते तो ड्राइवर का हुलिया

कैसा बनता। सिपाही कुछ न मिलता तो टेढ़े-मेढ़े गियर की मुठिया तो ज़रूर ही उखाड़ लेता। उसी को याद करते हुए मैंने सूबेदार साहब की व्हीलचेयर से एक हाथ की दूरी और बढ़ा ली। भय भरे शब्दों में मैंने बोलने की हिम्मत की, "सूबेदार साहब, मैंने तो सुना था कि आर्मी वाले अपनी वर्दी को जीवन भर तकिये के नीचे रखकर सोते हैं। हमेशा अपने नाम के आगे अपनी रैंक को तमगे की तरह लगाना चाहते हैं।"

सूबेदार विक्रम, "पत्रकार भाई, आपने आर्मी वालों की आदतों के बारे में एकदम सही सुना है। लेकिन क्या आपने लंगड़े, अपाहिज सिपाही के जीवन को जाना है? नरक़ ज़िन्दगी होती है।"

मैं चौंक गया। आर्मी वाले को अगर मैं कुछ उलटा-सीधा बोलता, तो लोग मेरी धुलाई कर देते, लेकिन आर्मी वाला इतनी खिन्नता से लबरेज़ क्यों था?

मैंने पूछा, "क्या हुआ साहब, देश सेवा करने वाले तो सीधे स्वर्ग जाते हैं। आप ये अशुभ शब्द क्यों बोल रहे हैं?"

सूबेदार विक्रम, "भाई, बचपन से ही देश सेवा के जुनून ने सेना में भर्ती कराया। सोचा था कि देश के ग़द्दारों को वहीं ठोंकता रहूँगा। अगर कभी आज़ाद बने रहने की जंग में मर-मुरा गया, तो शहीद कहलाऊँगा। तिरंगे में लपेटकर आऊँगा। मेरी अर्थी को हज़ारों कंधा देने वाले मिलेंगे। बन्दूकों की सलामी मिलेगी। मेरी चिता की आग गाँव के बच्चों के दिलों में देश रक्षा की चिंगारी सुलगाएगी। मैं मरकर भी अमर हो जाऊँगा। जंग में दिव्यांग बनने पर जवान का जीवन कैसा होता है, इसकी तो मैंने कभी कल्पना भी न की थी। मैंने कभी यह नहीं सोचा था कि मैं कभी पंगुल भी हो सकता था। गाँव, घर, मीडिया में कहीं भी इन अपंगों का ज़िक्र ही नहीं था। या तो धरती के सैनिक दिखते या तो स्वर्ग का शहीद। मैं इनके बीच का त्रिशंकु बन जाऊँगा, मैंने कभी नहीं सोचा।"

बातों ही बातों में सूबेदार साहब का घर आ गया। मुझे देखकर घर के कुछ लोगों ने अनदेखा किया। मैं इनके घर रोज़-रोज़ थोड़े ही न जाता था। अच्छे भाव से मिलने में कोई मोल न लगता। मुझे एक बात अज़ीब लगी। पिछली बार मैं जब सूबेदार साहब के घर आया था, उस समय सूबेदार जी सेना में सेवारत थे। मुझे देखते ही यही घरवाले मुझे इतना सम्मान दिए कि मुझे सचमुच लगा कि मैं भगवान हूँ। मुझे उस देश का वासी होने पर गर्व हुआ, जिसमें 'अतिथि देवो भव:' की संस्कृति है। लेकिन उस दिन क्या मैं अतिथि नहीं था? क्या मैंने किसी का कुछ ले लिया था? क्या मेरी किसी ख़बर से घर वाले आहत थे? मुझे माजरा समझ न आया। सूबेदार साहब अपनी व्हीलचेयर पर बैठे-बैठे बग़ल में पड़ी खाट को बिछाने का प्रयास करने लगे। मैंने लपककर खाट लेटा दी, और उस पर बैठ गया। सूबेदार साहब ने घर की ओर मुँह करके ज़ोर से आवाज़ लगाई, "दो कप चाय ले आओ।"

मुझे सूबेदार की खीज वाले सुरों के कारणों का अंदेशा हो गया था। लोग मुझसे नहीं दूर भाग रहे थे। असलतन वे अपंग सिपाही से दूर भाग रहे थे। मैंने पूछा, ''पेंशन तो आती ही होगी आपकी?''

सूबेदार, ''हाँ भाई, पूरी बदन पर बस पेंशन की ही लंगोट अब बची है। थोड़ी बहुत इज़्ज़त उसी से ढँकी है।''

मैं, ''मैं डिफ़ेन्स की रिपोर्टिंग तो नहीं करता, पर कुछ दिन पहले दफ़्तर में पेंशन को लेकर कुछ ख़बरें सुना था।''

सूबेदार, ''हाँ भाई, अब शरीर पर बचे हुए लंगोट में भी छेद करने वाले हैं। मिल रही पेंशन पर टैक्स लगाना शुरू करेंगे। इससे अच्छा होता कि ये लंगोट ही ले लेते। तिरंगे में लिपटे को तो बहुत सलामी मिलती है, नंगा सैनिक देखकर लोगों को सैनिक के इस बदहाल रूप के भी दर्शन होते।''

सूबेदार जी ने घर की ओर देखते हुए एक बार फिर आवाज़ लगाई, लेकिन आवाज़ में पहले से सैन्य कड़कता अधिक थी। वे मुझे चाय पिलाना चाहते थे। देरी उनको बर्दाश्त नहीं थी, फिर भी वे अपना धैर्य बाँधे हुए थे। अगर कोई सेना में उनके आज्ञा के पालन में इतनी देर करता, तो एक सूबेदार की क्या प्रतिक्रिया होती? मैं इसी सोच में डूबा रहा। तभी मुझे एक वाक़या याद आ गया। मैं पिछले साल अपने सिपाही दोस्त के साथ मिलिट्री कैंटीन से कुछ सामान लेने गया था। हम आर्मी कैंपस के गेट पर लगभग पहुँच ही गए थे। गेट पर एक वर्दी वाले सिपाही सबसे रजिस्टर में नाम-ग्राम लिखवा रहे थे। सब लोग एक-एक करके अंदर जा रहे थे। हमारे आगे सफ़ेद टी-शर्ट और ख़ाकी हाफ पैंट पहने एक लड़का खड़ा था। उसका अंदर जाने का नंबर आया। अधिकारी ने बिना कुछ बोले उस लड़के को चार-पाँच झापड़ जड़े। फिर अन्दर जाने दिया। मैं सहम गया। मुझे झापड़ खाए बरसों हो गए थे। कहीं वो बरसों की याद आज फिर ताज़ा तो न हो जाती! मेरे बग़ल में खड़ा मेरा सिपाही दोस्त मुस्कराकर मुझसे बोला कि मैं डरूँ नहीं। वो लड़का टी-शर्ट को पैंट के अंदर खोसना भूल गया था। अगर देश में भी कुछ दिन यही कानून लग जाए, तो लोग सुधर जाएँ। चौराहे पर लाल बत्ती तोड़ने पर चालान नहीं, चट-चट चाँटे। लेकिन अब सूबेदार के पास न तो वर्दी थी, न ही वो पहले वाला घर में रुतबा।

मैंने उनको अपने यहाँ अख़बार में नौकरी करने का प्रस्ताव दिया। घर बैठे-बैठे वे काम कर सकते थे। उनके केवल पैर कटे थे। उनका हाथ वैसे ही बलशाली और दिमाग़ पहले जैसा ही तेज़ था। उनको हमारे डिफ़ेन्स रिपोर्टिंग में कुछ-न-कुछ काम मिल ही जाता। मेरी यह हमदर्दीवश औपचारिकता नहीं थी। मैं सही में उनके घावों पर मरहम लगाना चाहता था। इस पर उन्होंने जो प्रतिक्रिया दी उससे यह सिद्ध हो गया था कि वाक़ई में मैं पत्रकारिता के लायक़ नहीं हूँ। मुझे चुल्लू भर पानी में

डूब मरना चाहिए। मुझे मेरी दशा कुएँ में पड़े उस मेंढक जैसी लगी, जिसको अग़ल-बग़ल की हलचलों से कोई लेना देना नहीं होता।

सूबेदार साहब बोले, ''आज़ादी के रखवालों को इतनी आज़ादी कहाँ कि वे इस पेंशन की लंगोट के साथ-साथ बनियान से अपना ऊपर का तन ढँक सकें।''

सीधे-सीधे बात करने वाले मिलिटेरी के अफ़सर अब सिविलियन हो चले थे। उनको भी घुमा-घुमाकर बोलना आ ही गया था। मेरे पूछने पर विक्रम जी ने बोला, ''सेना का नया नियम आया है, अगर हमारे जैसे लोग कोई दूसरी नौकरी करेंगे, तो उनकी पेंशन बंद हो जाएगी। क्या आपकी नौकरी मेरे लिए बनियान के साथ-साथ लंगोट का भी इंतज़ाम करवा सकेगी...नहीं न? तब तो फटहा लंगोट बनियान से बेहतर हुआ कि नहीं?''

मेरे पास उनके सवाल का कोई जवाब नहीं था। मेरा मुँह शर्म से लटक गया। इस पर उन्होंने बोला, ''पत्रकार साहब, आप तो कम-से-कम मेरे लिए इतना तो सोच रहे हैं, मेरे पैर क्या कटे, मेरी गर्दन गट गई। मेरा मान ही चला गया। अब आप ही देखिए, जब मैं फ़िट-फाट था, तब घर वाले बिना पूछे चाय ले आते थे। लेकिन अब रिरियाने पर भी नहीं सुनते। जब तक पैसा कमाता था, घर भेजता था, तब तक सब मानते थे। आगे-पीछे घूमते थे। अभी तो मेरी हालत एक मक्खीमार-सी हो गई है, जिसका समय काटे नहीं कटता। फ़ौजी का भाई, फ़ौजी का पिता, फ़ौजी का गाँव वाला, सब गर्व करते थे। लेकिन अब सब तिलंडे में चला गया। अपमान का जहर पी-पीकर मैं धीमी मौत नहीं मरना चाहता। इसलिए इच्छा मृत्यु का आवेदन करने का भी मन में ख़याल आता है। मैं इन प्रपंचों से आज़ाद होना चाहता हूँ। अगर अधिक दिनों ज़िंदा रहा, तो पागल ज़रूर हो जाऊँगा। अगर आत्महत्या करूँगा, तो सब कायर समझेंगे। जब एक सैनिक इच्छामृत्यु की माँग करेगा, कोर्टकचहरी होगी, मीडिया में चिल्ल-पों होगी, तब शायद देश हमारे असली लंगड़ेपन को जान पाएगा।''

इतना सुनने के बाद मेरी चाय पीने की चाह मर गई। मैंने सूबेदार विक्रम को चाय के लिए दोबारा आवाज़ लगाने से मना किया। उनको जय हिन्द बोला, और वहाँ से निकल लिया। मैं कई दिनों तक सो नहीं सका। देश की आज़ादी के रक्षकों में कुछ ऐसे लोग हैं, जो ख़ुद कितने बँध-से गए हैं। कभी देश की स्मिता की रक्षा करने वाला आज अपनी लाज भी नहीं बचा पा रहा है। मान मर्दन से बचने के लिए वो आज़ादी चाहता है।

काग़ज़ की कश्ती

लगातार कई दिनों तक बारिश में जब आस-पास के गड्ढे-पोखरे भर जाते थे। जब घरों की छप्परें पानी के थपेड़े खा-खाकर थक जाया करती थीं। जब घर में जगह-जगह टपकता बारिश का पानी हर जगह घुसने को आमादा हो जाता था। उससे बचने के लिए घड़ी-घड़ी सूखी दर की चाह में अपनी खटिया खिसकाते घर के लोग। बारिश की बौछारों से नम हो-होकर थर्राती मिट्टी की भीतें। काले बादल जैसे पहाड़ों को नहलाने के लिए ही बरस रहे हों। जैसे वो पहाड़ों की गोद में खेल रहे हों। बारिश की बूँदों से हर एक हरी पत्ती धुलकर एकदम नई-सी महसूस होती थी। सूरज घने बादलों की घूँघट ओढ़े धरती के दर्शन को तरसता रहता था।

जगह-जगह अँग्रेज़ी बाजा लेकर बैंड वाली धुन रमाते बरसाती मेंढक लोगों के

कानों में दम कर देते थे। जब नटखट दोस्त कई दिनों से घर में बंद होने से ऊबे हुए, इंद्रदेव से अब बस करने की गुहार लगाते थे। मानो उनकी सुनकर बारिश थम गई हो। रद्दी की कॉपी से बीचो-बीच, अद्धे से उखाड़ा गया काग़ज़ का वो पन्ना। ऊपर-नीचे, दायें-बायें, आगे-पीछे, आड़े-तिरछे मोड़ लेकर चिपटा हो जाता वो काग़ज़ अगले ही पल में खुलने पर एक सुंदर जलयान का रूप ले लेता। काग़ज़ की कश्ती बचपन की यादों को ढोती थी। जिसको तालाब में डालकर पानी की तरंगों के सहारे दूरी तक पहुँचाने की मासूम होड़ भी होती थी। कुछ की दूर जाती, तो कुछ की डूब। अगर पानी उसके पीछे ज़ोर से उड़ेल दिए, तो उत्पन्न हुआ ज्वार-भाटा उस यान का काल बन जाता। काले चींटे जिसके केवट बन जाया करते थे, और व्याकुलता में ही सही, उसको लेकर कहीं चले जाते। जी हाँ, रितेश बचपन में खो गए थे।

वे काग़ज़ की नाव को याद कर रहे थे। बारिश होते देख वो कश्मीर की हसीं वादियों में खो गए थे। वो वादियाँ जिनमें वे केवल अपना बचपन ही गुज़ार पाए। कुछ सायों को काली घाटी में ही छोड़ना पड़ा था। वो साये बुरे सपने जैसे थे, लेकिन बचपन के कुछ अज़ीज दोस्त वहीं रह गए थे। उन दोस्तों में एक सबसे ख़ास था, काग़ज़ की नाव का कारीगर। नहीं, वो कारीगर नहीं था, जादूगर था। सबकी नावों को पलक झपकते ही बना देने वाला जादूगर। नावों का शिल्पकार। तरह-तरह की नावों का सृजन करना उसकी तिलिस्मानी क्षमता थी। नाटू को रितेश अपनी यादों के झरोखे में ढूँढ़ रहे थे। रितेश की नावें वही बनाता था, हर साल।

नाव बनवाने वालों की भीड़ में रितेश का नंबर सबसे पहले होता। एक दो बार उसने रितेश को सिखाने का प्रयास किया था, लेकिन जो काम दोस्त के करने से चल जाय, उसे सीखने का कष्ट कौन आलसी दोस्त करे? कभी-न-कभी सीख जाएगा, रितेश ऐसा बहाना करता था। आज बीसों साल हो चुके थे, उसे देखे। उसका वो चेहरा भी समय की धूल और बचपन की कच्ची यादों में हल्का हो गया था। अब अगर सामने आ भी जाय तो शायद ही दोनों एक-दूसरे को पहचान पाएँ। समय ने नाटू को काफ़ी बदला होगा। उसकी सूरत भी, क्या पता सीरत भी? हाँ, उसको शायद ही कोई नाटू बुलाता होगा। थोड़ा ज़मीन में गड़ा था, क़द का कंजूस था, इसीलिए रितेश उसको नाटू कहता था। उसका असली नाम रितेश को पता भी नहीं था।

रितेश, अपने ड्राइंग रूम में उनकी ऊँचाई से भी ऊँची शीशे की खिड़की के सामने खड़े हुए थे, कहीं खोये हुए। किचन में बन रही चाय की मीठी-मीठी ख़ुशबू उनको काग़ज़ की नाव की सवारी कर यादों की दरिया में गोते खाने से रोक रही थी। अतीत को वर्तमान चाय की ख़ुशबू का लालच देकर खींच रही थी। रितेश पीछे जब पलट के देखे तो अपने बेटे को वीडियो गेम में घुसा पाए। एकदम सोफ़े में गड़ा हुआ, बाहर की दुनिया से बेबाक़। आजकल के बच्चों के लिए तो हर मौसम 'मेरे नैना

सावन-भादों...।'' जैसा हो गया है। इनको मोबाइल और टीवी के अलावा कोई और रंग नहीं दिखता। रंगीन टीवी के ज़माने में भी न जाने क्यों बच्चों की ज़िन्दगी ब्लैक एंड व्हाइट-सी लगती। उनका कोई ज़िगरी दोस्त नहीं होता, बस गेम वाले दोस्त होते हैं।

तभी रितेश की पत्नी अंकिता गरमा-गरम चाय की प्याली लेकर आई। चाय की ख़ुशबू ने तो पहले ही रितेश को यादों की नाव से उतार दिया था, अंकिता की भीनी मुस्कान ने तो मौसम को और रंगीला कर दिया। शहर की चाय, जिसमें वो कश्मीर वाली असलियत नहीं आ सकती थी। बस, अंकिता के हाथों का प्यार ही उसमें असली था, जो उसमें सजीवता को घोल देता था। अगर कश्मीरी बाग़ान की चाय किसी को पिला दो, तो वो बहुराष्ट्रीय कंपनियों वाले सौंदर्य से भरपूर डिब्बों की चाय को आजीवन त्याग दे। डिब्बे की फ़ोटो चाय के स्वाद से अधिक स्वादिष्ट सुगंधित लगती है।

अंकिता ने रितेश का स्मार्ट फोन लिया, और 'मेड-इन-काशी' के चैनल से वो गाना चला दिया जो रितेश रीवाइंड मोड में चलाकर दीवालों तक को पकाने वाले थे। बारिश में यही रितेश का पसंदीदा था। जगजीत सिंह की नशीली, और समय को थाम देने वाली आवाज़ में,

''ये दौलत भी ले लो, ये शोहरत भी ले लो...

रितेश का मूड सेट हो गया था, बस रो न देते उस गाने को सुनते-सुनते!

''रितेश, इतनी बारिश हो रही है कि हम कहीं जा भी नहीं सकते। मन थोड़ा ऊबने जैसा हो गया है।''

रितेश मुँह खोलने ही वाले थे कि दरवाज़े पर 'डिंग-डोंग'। रितेश ने किसी को बुलाया नहीं था। अंकिता ने भी अपार्टमेंट की किसी सहेली को नहीं न्योता दिया था। फिर, चाय के समय बिन बुलाया मेहमान कौन? रितेश को बचपन में इसकी आदत थी। पहले कोई किसी के यहाँ पहुँच जाता था। बिना पहले बताए, मगर अब तो आने-जाने से पहले लोगों को बताना पड़ता है। कहीं सामने वाले के निजी समय में भंग न पड़ जाय। जैसे सामने वाला हमेशा जंग में बैठा हो। पहले दरवाज़े के खटकने पर एक उमंग दौड़ जाती थी, जो अब एक सवाल बन गई है। पता नहीं कब आना-जाना एक औपचारिकताओं का दस्तूर बन गया। मिलना आधे मन से, और मिलकर जाने का इंतज़ार पूरे मन से होता चला गया। मेल-जोल, कुशल-क्षेम, सब-के-सब एक रबर स्टैम्प बनते चले गए। अब लोग नहीं आते-जाते, उनके रबर स्टैम्प चला करते हैं। शायद, पुराने सिक्कों की तरह एक दिन ये भी चलना छोड़ देंगे।

रितेश ने दरवाज़ा खोलने से पहले दरवाज़े के छेद में से एक आँख से झाँका। उनके कम्पनी के दूर के सहकर्मी थे। लेकिन आज तो छुट्टी थी, और फिर दोनों

लोगों के विभाग भी एकदम अलग थे। दूर-दूर तक कोई लेना-देना नहीं था। बस कभी-कभार कैंटीन में खाना खाते समय की देखा-देखी, और एक दिन का एक टेबल पर साथ में खाना खाना। वो भी एक संयोगवश ही था। उस दिन नाम पूछने-बताने की औपचारिकता हो गई थी। रितेश नाम के बाद और आगे कुछ पूछ पाने की हिम्मत नहीं जुटा सके। कुछ ज़ख्म चंद शब्दों को सुनने मात्र से ही हरे हो जाते हैं। दरवाज़े पर उसका पहनावा और छाते के बिना देखकर ऐसा लगा कि वो उसी अपार्टमेंट में रहता होगा। वो आराम करने वाले समय में रोड़ा बनकर आ गया था। अशरफ़ को तो घर में चाय भी मिलती या नहीं! कोई और होता तो झट से अंदर बुला भी लेते। अंकिता की इस अजनबी को देखकर कैसी प्रतिक्रिया होगी, रितेश यह सोचकर मन-ही-मन घबरा गए। अशरफ़ एक बार घंटी बजाने के बाद चुपचाप खड़े थे, सिकुड़े हुए, एकदम शिथिल। उनके अंदर भी कोई भय होगा। नहीं तो निडर आदमी हमेशा फैला रहता है! सोचने का समय नहीं था, दफ़्तर का कुछ अति आवश्यक काम भी हो सकता था! कोई आपातकाल!! झटके से दरवाज़ा खुला।

"हेलो कैसे हो? आओ भाई।"

"रितेश जी, मैं ठीक हूँ।"

रितेश, अंकिता की ओर देखते हुए, "चाय ले आना।"

अंकिता किचन में गई और दो मिनट में चाय लेकर आ गई। रितेश की दूसरी कप की चाय मेहमान पर क़ुर्बान हो गई।

"रितेश भाई, आज मेरी दूसरी बच्ची का पहला जन्मदिन है, आपके अलावा मेरा इस अपार्टमेंट में दूर-दूर तक कोई जानने वाला नहीं है। हमें यहाँ आए अभी तीन महीने भी नहीं हुए। आप, भाभी जी और बेटा अगर शाम को मेरे कमरे पर आ जाते तो बच्ची की शाम बन जाती।"

रितेश, अंकिता की ओर देखे; एक असमंजस भरा जवाब मिला।

"अशरफ़ भाई, क्यों नहीं? सब लोग ज़रूर आएँगे। वैसे भी इतनी बारिश में घर में पड़े-पड़े मेहरा गए हैं।"

अशरफ़ ख़ुश होकर उठे, "शुक्रिया रितेश भाई, इंतज़ार रहेगा।" अशरफ़ ने चाय नहीं पी, रितेश हिचकिचाहट में दबाव भी नहीं दिए।

अशरफ़ के जाते ही अंकिता ने जगजीत सिंह को चुप किया। और अगले ही पल पूरा मानसून सूखे में बदल गया। घर में सन्नाटा। बेटे ने विडीओ गेम पहले ही बंद करके वहाँ से फुर्र हो लिया। उसको उस आकाल में होने वाले बवाल का अंदाज़ा हो चुका था।

"अशरफ़ कौन है? पहले तो तुमने कभी नहीं चर्चा कीं। तुम न किसी को भी घर में बुला के चाय पिलाने लगते हो।"

. रितेश को अशरफ़ के बारे में जितनी भी जानकरियाँ थी, उन सबसे अंकिता को समझाने का प्रयास किया। जैसे-तैसे अंकिता के ग़ुस्से ने राहत की साँस ली।

चाय की चुस्की लेने के बाद, अंकिता, "तुम्हीं जाना, मेरे बस का तो नहीं है, ऐसे लोगों के घर जाना।"

रितेश ख़ुद भी आश्वस्त नहीं थे, परिवार के साथ वहाँ जाना ठीक नहीं समझे। थोड़ी और जान-पहचान बढ़ती, विश्वास होता, फिर लेकर जाना उचित समझे। देर शाम को अपने बेटे को लेकर घर से निकले। उपहार ख़रीदने का समय नहीं था। लिफ़ाफ़े को शर्ट की पॉकेट में डालकर अशरफ़ के दरवाज़े की घंटी, 'ट्रिंग-ट्रिंग', बजा दिए। दरवाज़ा खुला। अंदर आम घरों की तुलना में प्रकाश कम था। चीज़ें अस्त-व्यस्त-सी थीं। दो बच्चों के घर में चीज़ें अगर बहुत जतन से यथा स्थान रखी गई हों, तो इसके दो मतलब हो सकते हैं : एक, बच्चे चंचल नहीं हैं, और दूसरा माता-पिता के भय से चीज़ें अपने स्थान से हिलने की हिम्मत नहीं कर पाती हों। रितेश और अशरफ़ की जान-पहचान चंद घंटों की थी। रितेश नज़रें बचाकर घर को निहारते-फिरते। टेबल के पास अशरफ़ की बीवी भी थीं। एक झलक में तो परिवार एकदम प्रगतिशील मानसिकता वाला लग रहा था।

टेबल पर केक जैसे रितेश की ही राह देख रहा हो। बड़ा-सा चोको केक, लेकिन उस पर कोई प्रिन्सेस, बार्बी अथवा फ़्रोज़ेन नहीं बैठी थी। शायद ही किसी केक पर एक बड़ी सी नाव बैठी हो। रितेश को अशरफ़ 'पाइरेट्स ओफ़ करेबीयन' या इश्क़बाजन 'टायटैनिक' को चाहने वाले लगे। फिर भी केक पर आसन लगाई नाव को वो पचा नहीं पा रहे थे। ख़ैर, केक कटा। बातें करने का बहाना नहीं मिल रहा था। रितेश की ताक-झाँक चल रही थी।

एक रूम की तरफ़ उनकी निगाहें टँग गईं। अशरफ़ ने रितेश की उत्सुकता को भाँप लिया, और रितेश को उस रूम की ओर ले गये दीवारों पर परिवार की, यात्राओं की, सुंदर दृश्यों की फ़ोटो होना तो स्वाभाविक था, लेकिन नावों को धागे के सहारे भला कौन टाँगता है, और वो भी काग़ज़ की। काग़ज़ों को देखकर लग रहा था कि कुछ तो दशकों पुराने होंगे, पीले हो चले थे। रितेश को अशरफ़ सनकी लग रहा था- नाव पर सवार सनकी। तभी अशरफ़ ने, "इन सारी नावों को मैंने अपने एक बहुत ही अज़ीज़ दोस्त के लिए बनाया है। कई साल पहले रात में वो कहीं चला गया, फिर कभी नहीं मिला। उसको बारिश में नाव बनवाने का बड़ा शौक़ था। ख़ुदा से रोज़ मन्नत माँगता हूँ, वो जहाँ भी हो, वो सलामत हो। मैं हर साल इन नावों को उसकी याद में बनाता हूँ। पता नहीं, लेकिन उम्मीद है कि एक दिन वो करिश्मा ज़रूर होगा। जब यार मिलेगा और इस नाव पर चींटे को सवारी करवाएगा।"

रितेश को अशरफ़ में अपना बचपन वाला नाटू दिख रहा था, लेकिन वो पूछ नहीं पा रहा था कि अशरफ़ ही नाटू था?

उधर अशरफ़ भी भावनाओं की ज्वार-भाटे में डूब-उतरा रहा था, ''मेरे बचपन के बौने क़द की वज़ह से वो मुझे नाटू बुलाया करता था।''

रितेश चातक को अशरफ़ रूपी मित्र की बूँदें मिल गई थीं। बचपन के मित्र को पाकर उल्लास भी था, इतने साल दूर रहने का ग़म। भावनाओं के मिश्रित धारा में न फँसते हुए रितेश ने ज़ोर से बोला, ''नाटू, क्या खाकर इतना बड़ा हो गया? मैं तुम्हारा दूधिया।''

रितेश को बचपन में उसके दोस्त दूधिया बुलाते थे। वो स्लेट पर लिखने वाली दूधिया खाया करता था। इतना नसेड़ी कि अगर उसके पास की ख़त्म हो जाए, तो दोस्तों के बस्ते में से भी चोरी कर डालता था। उन दिनों किसी के नाम की कोई क़ीमत नहीं थी। किसी का कोई असली नाम नहीं जानता था।

थोड़ी देर उस भयावह रात के मंजर को दोनों ने याद किया। उसमें कड़वाहट थी। रोष था। अलगाव था। जख़्म थे। उन चुभती यादों को दफ़नाकर दोनों उठे। अशरफ़ ने काग़ज़ की नाव बनाई। बनाने की तेज़ी वही थी, जादुई। दोनों गाड़ी में बैठकर शहर की यमुना नदी के किनारे पहुँच गए। पानी में काग़ज़ की नाव चलाकर दोनों ने अपने बचपने को फिर से जी लिया। नियति ने मित्रता को अलगाव से जिता दिया।

पल–दो पल, अपने भी

झूलती हुई झुर्रीदार त्वचा। लटकता हुआ हाथ का मांस। थोड़ी कड़ी हो चुकी कलाई। हर तरफ़ उभरी हुई नसें। हाथ की हथेली को खोले बरामदे में आने वाली बारिश की बौछारों के साथ खेलने और न खेलने के बीच की जंग में मन फँसा हुआ था। संन्यास की अवस्था में बारिश के पानी के साथ खेलते हुए अगर कोई देख लेता, तो ज़रूर प्रेमलता को पगली–सनकी बुड्ढी बोलता। बस, पगली और सयानी बोले जाने के बीच में वो बँध गईं। बुढ़ापे में तो लोग अच्छे–भले को पागल बना देते हैं, और पगली का तमगा मिलना, प्रमाण मिलना! ना बाबा ना!!

लेकिन प्रकृति को कौन बाँध सकता है? हाथ सिकोड़ती हुई प्रेमलता के बंद हाथों को छूते हुए बरसात के फुहारे उनके चेहरे को तरो–ताज़ा कर ही देते। जिससे उनका मन और ललचा उठता। मन का बचपन जाग उठता। हर बार मानसून में बारिश होने से कुछ भूली–बिसरी यादें नम हो ही जाती हैं। बरसात अतीत की उन सूखी दूबों को फिर से हरा–भरा कर देती है। इन सबके बीच, कमरे के अंदर से अपना चश्मा सम्हालते हुए प्रेमलता के प्रेम, उनके पतिश्री, सुरेश निकलते हैं।

बरामदे में कुर्सी पर बैठी अपनी बूढ़ी बेग़म को देखकर उनका भी मन जवाँ

शहंशाहों वाला हो उठा। वे कुर्सी के पीछे आये और अपनी प्रेमलता के पीछे खड़े हो गए। मतलब पीछे पड़ गए। वे पत्नी के दोनों कन्धों पर अपने हाथ रखकर, मूसलाधार हो रही बारिश की ओर देखते हुए बोले, ''लग रहा है मोहतरमा फिर ख़यालों के गलियारों में सैर पर निकली हैं।'' कन्धों को और कसकर पकड़ते हुए, ''हम जैसे नाचीज़ भी हैं, आपकी उन गलियों में?'' बिना मुड़े, मूर्ति की तरह, एकदम ठंडे स्वरों में प्रेमलता, ''शहंशाह के पैर कब्र में लटके हैं, और अभी भी इश्क फ़रमाए जा रहे हैं। और ये बरसात में आपकी जीभ को क्या हो जाता है? हिन्दी-हिन्दी करते-करते टपकते पानी में उर्दूबाज़ बन जाते हैं।''

यह सुनकर सुरेश की पूरी ग़रमजोशी बर्फ़ीली हो गई, पत्नी की नीरसता ने काठ मार दी। लेकिन वो भी ढीठ थे, पत्नी की मनोदशा को थोड़ा नटखटा बनाने के लिए फिर प्रयास किए, ''शहंशाह बोल रही हो, तो सुनो बेग़म! वो लोग तो बड़ी शौक़ वाले थे; ताउम्र नए-नए इश्क़ आज़माकर कब्र में आराम फ़रमाने जाते। अगर आप राज़ी हों तो ...और रही बात उर्दू की,...हिन्दी तो घरवाली है, और उर्दू पड़ोसन...अपनी नहीं है, लेकिन बहुतों को अच्छी लगती है, बड़ी तहज़ीब वाली ज़बान है मोहतरमा।''

और...ठहाका! प्रेमलता अपने आप को रोक नहीं पाई। कुर्सी पर बैठे-बैठे ही अपना पेट पकड़कर लोट-पोट हो गई। सारी गंभीरता ठहाके में बह गई। यह बात सूखे माहौल को गीला कर गई।

''सुरेश, आप भी न...।''

सुरेश, भीनी-भीनी मुस्कान के साथ, ''ऐसा मौसम उम्र को भी बेईमान बना देता है। याद है, अपने कॉलेज का वो दिन?''

''सुरेश, मैं बूढ़ी हो गई हूँ। कॉलेज के बहुत सारे दिन थे, अब सब धुल गए हैं। सब एक जैसे, एकदम ब्लैक एंड व्हाइट दिखते हैं।''

सुरेश, ''मूसलाधार बारिश की तो एक ही याददाश्त है, उसे कैसे भूल सकती हो? क्लास ख़त्म हो चुकी थी। सब लोग अपने-अपने छाते खोलकर जाने लगे। तुम भी कुछ आगे निकल गई। अपनी सहेलियों में सबसे पीछे। मेरे वाले छाते ने धोखा दे दिया। मेरा छाता ख़राब हो गया, खुलने के लिए राज़ी न था। मैं वहीं खड़ा होकर छाते से जंग करता रहा। और तुमको पुकारने की हिम्मत जुटाता रहा। लेकिन औरों की भीड़ में तुमको चिल्लाना ठीक नहीं लगा। कंठ बँध-सा गया था। फिर तुम्हारा अपने आस-पास मुझे औरों से बचकर कनखी देखना, और मुझे न पाने पर वो पलटना...। वो सब तुम कैसे भूल सकती हो?''

प्रेमलता अपनी मंद मुस्कान के साथ, ''वाह! आपको तो वो दिन पलक-दर-पलक याद है। फिर जब मैं आपके पास गई, तो पता चला कि आपने अपने छाते की डंडी जान-बूझकर टेढ़ी कर रखी थी।''

सुरेश, ठहाके के साथ "अरे बारिश के रंगीले मौसम में अपनी जान के लिए तो एक सेती के छाते की क़ुर्बानी तो बनती थी। याद है? फिर तुम्हारे छाते में आने के बाद...। पहली बार तुम्हें इतना अधिक महसूस कर पा रहा था। तुम्हारी साँसों की गर्मी मेरी रफ़्तार पकड़ती धड़कन का कारण बन गई। छाते का एक डंडा और उस पर हमारे एक पर एक धरे हाथ। इससे पहले इतना क़रीब होना, एक सपने जैसा था। एक ही मुराद थी, इस सपने की कभी सुबह न हो।"

सुरेश यादों की बाढ़ में एकदम डूब गए। भावनाओं से एकदम सराबोर हो उठे। ऐसा लगा कि टाइम मशीन में बैठकर वो पैंतालीस साल पीछे चले गए हों। उन्होंने प्रेमलता के सामने आकर उनके हाथों को पकड़ लिया और सहलाते हुए बोले, "आज भी मुझे तुम्हारा पहला स्पर्श याद है। वही स्पर्श मैं अब भी महसूस कर रहा हूँ। तुम वैसी ही हो, मेरा प्रेम एकदम वैसा ही है। समय का चोर उसको रत्ती भर भी चुरा नहीं पाया है।"

प्रेमलता, मीठी यादों के उस सैलाब को क्रमशः बढ़ाते हुए, "आप तो सपने में इतने डूब गए कि ध्यान ही नहीं रहा आपको कि छाता भी पकड़ना है। छाता तिरछा हो गया। हम दोनों बारिश में कब तरबतर हो गए, पता ही नहीं चला। वो तो अच्छा था कि चाय वाले ने हम दोनों हीर-राँझा को देखकर ठहाका लगा दिया। जिससे तुम सपने से जागकर वास्तविक दुनिया में आ पाए। चाय वाले भले आदमी थे; मेरी इज्ज़त बच गई, वरना हीर ऐसे राँझा के साथ अपने घर पहुँचती तो उसकी पीर-ही-पीर हो जाती। ख़ूब धुलाई होती, बरसाती के फ्री वाले पानी से..."

थोड़ी देर की शांति के बाद, प्रेमलता अपनी बातों को ज़ारी रखीं, "समय कितनी तेज़ी से बीत गया। शादी, बच्चे, बच्चों की परवरिश, और उनकी शादी..., फिर हम दोनों यहाँ। ऐसा लगा कि अपनी ज़िन्दगी थी ही नहीं, किसी की उधार की हो, जिए और लौटा दिए। उस उधार का मोल कितना भारी था, इसका आज भी हम प्रायश्चित कर रहे हैं।"

आज एक पुराना घाव फिर उभरने वाला था। जिसके लिए माँ-बाप अपना सर्वस्व लगा देते हैं, अपनी साँस, अपनी ज़िन्दगी, अपने सपनों... सबको उधार दे देते हैं। बदले में उनको समय मरहम नहीं, और ज़ख्म देता है। आज प्रेमलता की आँखों से मूसलाधार बारिश होने वाली थी, जो हृदय से चल चुकी थी। इससे पहले कि पीड़ा के आँसू उस सुहाने मौसम को फ़ीका करते, सुरेश ने मोर्चा सम्हाला, बाढ़ को बाधा डाला, और आग में बरसाती पानी डाला, "अरे! तुम भी क्या वही बातें लेकर बैठी रहती हो? हमारा काम था—उसकी देखभाल करना, सो हमने किया। अब वो उसको माने या न माने, उसकी मर्ज़ी। बुढ़ापे में हमें उसको अपने बीमे की तरह नहीं सोचना चाहिए। अपेक्षा की इमारत पे जितना अधिक ऊँचा चढ़ोगी, इमारत के ढहने पर चोट उतना ही

बड़ी होगी। हाँ, अगर इमारत मज़बूत है, तो सुख-ही-सुख।''

थोड़ा इधर-उधर देखने के बाद, सुरेश बोले, जैसे उनके मन को घेरा हुआ कोई पुराना बादल हो, जो कभी बरसा न हो, बस किसी को भिगाने को तरसा हो, ''जानती हो प्रेमलता, मुझे रोहन से कोई शिकायत नहीं है। मेरी शिक़ायत ख़ुद से है। बस एक ग़लती है, जो हम दोनों ने की है। रोहन को बड़ा करने में हम अपना जीवन जीना ही भूल गए। ख़ुद नहीं जिए। उसके जीवन में अपना जीवन समझने लगे। रोहन के लिए अपनी ज़िम्मेदारियों को निभाते हुए हम अपने लिए अपना कर्तव्य भूल गए। उस समय हमने क्या-क्या क़ुर्बानियाँ दीं... ? उसका कोई मोल नहीं है, कोई पैमाना नहीं है। इसीलिए तो अक्सर सुनने को मिलता है—'आपने मेरे लिए क्या किया?' काश, उस समय हम लोग रंच मात्र भी अपने पर ध्यान दिए होते, अपने को एक दूसरे की आँखों में निहारे होते। हर मानसून में एक बार कॉलेज के उस दिन जैसे बेपरवाह होकर बारिश में सराबोर हो गए होते तो आज इतना कष्ट नहीं होता। कष्ट इसी बात का है कि न तो हमें राम मिले, न ही माया। न तो हम अपना समय जी पाए, न ही अपनी क़ुर्बानियों को रोहन के दिल में दर्ज़ करा पाए।''

सुरेश का दर्शन अपने चरम को चढ़ता जा रहा था, ''माँ-बाप न कोरे काग़ज़ जैसे होते हैं, ज़ो स्वयं का अस्तित्व मिटाकर उपन्यास और कहानियों को जन्म देते हैं। बहुत सारी कहानियाँ पन्नों को धन्य कर जाती हैं, लेकिन कुछ-एक में लेखक को मलाल रह जाता है। यही मलाल मायूसी में न बदले, इसलिए अपना जीवन भी जिएँ।''

हृदय से प्रस्थान किए हुए आँसू अब बूढ़ी माँ की आँखों से झर-झर झर रहे थे। पीड़ा इतनी कि बादल फट जाय। चेहरे पर मौन की चीख इतनी की बिजली कड़क जाय और मन में अंधकार इतना कि बादल लजा जाय। सुरेश अपनी पत्नी को ख़ुश रखना चाहते थे। उनका पश्चाताप में भरोसा नहीं था। संभावनाओं में अपार यक़ीन था। जो बीत गया, उस पर रोने से मायूसी ही मिलेगी, जो आगे है उसको सही करने में सुरेश को भरोसा था। प्रेमलता की आँखों में झाँककर, ''आज फिर से मेरा छाता टूट गया है। अपनी पोल्का डॉट्स वाली छतरी में पनाह दे दो।''

प्रेमलता सुरेश की बातें समझ गईं। बयालीस साल साथ में हो चुके थे। ऐसे में दूसरा एक दिन आगे क्या बोलने वाला है, तक का आकलन आपसी समझ का, मापदंड होगा। हाँ, इस पैमाने में थोड़ी अतिशयोक्ति हो सकती है। प्रेमलता ने अपने आँसुओं को मनाया। उनको पोंछा। घर के अंदर से सफ़ेद डॉट्स वाली काले रंग की छतरी लेकर बाहर निकलीं। वो छतरी उनकी यादों की मणि थी, जिसको देखकर दोनों युगल जीवंत हो उठे। उन्होंने कॉलेज वाली उस छतरी को सहेजकर रखा था। दोनों उसको घर की आलमारी में पड़े देखते थे, लेकिन अतीत के उस हसीं लमहे को दुबारा जीने की कभी फ़ुर्सत नहीं निकाल पाए। प्रेमलता के हाथों में पोल्का

डॉट्स वाली उस छतरी को देखकर सुरेश छात्र बन गए। प्रेमलता ने बोला, ''सुरेश, छतरी पुरानी हो गई है और हमारा शरीर भी..., आज सपने में मत खो जाना। भीग गए तो दो-चार गोलियाँ और खानी पड़ेंगी।''

कॉलेज वाले दिन की तरह एक हाथ पर दूसरे का हाथ और उन दोनों हाथों में छतरी की डंडी। दोनों अपनी यादों की बारिश में भीगते गए। चलते चले गए। उस दिन सुरेश किसी सपने में नहीं खोए। वो छाता सजगता से पकड़े थे। प्रेमलता ने ख़ुद उस छाते को बंद कर दिया। दोनों भीगने लगे। दोनों अपनी-अपनी उम्रों के मानसिक बोझे को उतार दिए। एक आज़ादी थी। कोई बोझ नहीं था। खुलेपन का एहसास था। बस आज में भीगने की तमन्ना थी, जिसमें कल को डुबा देने का प्रायश्चित भी। दोनों भीगते हुए एक चाय की दुकान पर पहुँचे। चायवाले ने अप्रत्यक्ष रूप से ख़ूब ठहाका लगाया, लेकिन दोनों लोगों को कोई फ़र्क़ नहीं पड़ा। चाय पी और वापस चल दिए।

वृद्धाश्रम वापस पहुँचते-पहुँचते काफ़ी रात हो चली थी। गेट पर सुरक्षाकर्मी छाता ओढ़े, घबराया हुआ खड़ा था। जैसे वो उन दोनों का ही इंतजार कर रहा हो। उसने बोला, ''काकी, रोहन भैया का टेलीफोन लगातार आए जा रहा है, बोल रहे थे-आप लोगों का फोन नहीं उठ रहा है।''

दोनों लोग गार्ड की बातें सुनकर वृद्धाश्रम के अपने कमरे में गए। उस दिन कोई जल्दबाज़ी नहीं थी। प्रेमलता ने टेबल पर पड़ा फोन उठाया और पचासों मिस्ड कॉल्स 'रोहन' के नाम से थी। तभी फिर रोहन का फोन आया, ''अरे माँ, कहाँ थे आप लोग? कब से ट्राई कर रहा हूँ। यहाँ सब लोग बहुत परेशान हैं।''

प्रेमलता, आज अपना समय सूद समेत जीकर आई थीं, बेझिझक, ''बेटा, हम लोग अपना समय जीने गए थे, और ये परेशान होने का ढोंग मत क़रो तुम। इसी शहर में रहकर हमें अकेले वृद्धाश्रम में भर्ती किए हो। तुम्हारे उतने बड़े घर में एक कमरा भी नहीं झेला जा सकता क्या?''

प्रेमलता की भावनाओं का बाँध टूटता, इससे पहले सुरेश ने फोन छीन लिया, और एकदम स्थिर मन से बोले।

''बेटा, तुम्हारी माँ बुढ़ापे में आउट हो गई है। उसकी बातों का बुरा मत मानना।''

रोहन, ''क्या हुआ पापा, एकाएक? माँ की तबीयत तो ठीक है न?''

सुरेश, ''तबीयत एकदम ठीक है, अभी-अभी एक नसीहत तुमको देता हूँ, अनुभव से आया है। मैं चाहूँगा कि जब तुम मेरी उम्र के होओ तब यही अनुभव न करो। मेरे पोते रुद्रांश को कभी कुछ कमी मत होने देना, और साथ ही तुम मियाँ-बीवी अपनी ज़िन्दगी भी थोड़ी-बहुत ही सही, ज़रूर जीना। आपाधापी में थोड़ा समय अपने लिए भी निकाल लेना।''

पढ़ेगा इंडिया, तभी तो बढ़ेगा इंडिया!

गाँव में इफ़रात समय अक्सर गहन विषयों पर माथा खपाने में इस्तेमाल होता है। उन चर्चाओं में 'पड़ोसी के घर में सब कुशल कैसे है?' जैसे अर्थहीन मुद्दों से लेकर 'अमेरिका में क्या चल रहा है' तक पर गहरा शोध हो जाता है। सबके पास कुछ-न-कुछ कहने को होता है। राय आम और मुफ़्त होती है। आय किसी की हो या न हो, राय ज़रूर होती है। राय हर-एक के पास होती है, बस देने के लिए, चाहे देने वाला ख़ुद मानसिक दिवालिया ही क्यों न हो। सुबह हर घर में समाचार पत्र अपनी हाज़िरी दे जाते हैं। कुछ घरों में तो समाचार पत्र का आना प्रतिष्ठा का विषय होता है। अगर उनके यहाँ गाँव का कोई और पढ़ने आ जाए, तो आजकल उसकी इज्ज़त को भिखमंगे से अधिक नहीं तौलते। उपेक्षा के भाव मोले जाने से अच्छा है कि आदमी अपने द्वार पर ही रहे। व्यर्थ के प्रपंचों से परे। आदमी के दिमाग़ में घर किए हुए इस झूठे स्वाभिमान की ही देन है कि एक आदमी अब दूसरे के द्वार पर पाँव रखने से भी क़तराता है। घमंड और बनावटीपन के पिशाच ने उठक-बैठक, चौपाल, हुक्का,

होली के समय की अबिरी, और न जाने कितने दिल से दिल मिलाने वाले भावों का क़त्लेआम किया है। 'मैं उनसे कम थोड़े ही न हूँ' वाले घमंडी भाव ने बहुत लोगों के पैरों को कटीले तारों से बाँध दिया है। आपसी आना-जाना बंद भले ही हो गए हों, लेकिन गाँव ने अपने डी.एन.ए. में थोड़ी-बहुत गाँवपन अभी भी बचा रखा है। अभी भी वहाँ घरों के झगड़ों में पंचायत बैठ ही जाती है, जिसमें कुछ पंचों की अपने पक्षों की तरफ़दारी की जंग न्यायालय के आँगन में ख़त्म होती है। गाँव में अभी भी लोग भोज-भात कर लिया करते हैं। लेकिन अब वो प्यार से परोसने वाली झंझट कौन पाले?

आधुनिकता की होड़ ने लोगों का यह प्रेम व्यवहार उन गंदे तालाबों में बोर दिया, जहाँ पर भोज-भात बस औपचारिकता भर का है। अब गाँव को चाहे जितना भी शहरी व्यवस्थाओं से लैश कर दिया जाय, लेकिन ग्राम पंचायत का चुनाव नगरपालिका चुनाव में थोड़े ही नहीं बदल जाएगा। इन चुनावों की राजनीति ऐसी कि किसके पेट में किस उम्मीदवार का खाना-पीना कितने दिनों से पच रहा है, यह कह पाना मन भेदी मंत्र जानने जैसा है। अलाव भी एक संग्रहालय का काम कर रहा है, जिसने गाँव के मूलभूत चरित्र को बचाने का काम किया है। जाड़े के समय में अभी भी सुबह-शाम कुछ द्वारों पर उपलों-पुआलों की आहूति लेकर अलाव जल ही जाते हैं। जिसको देखकर वहाँ से गुज़रने वाले अपने हाथ-पैर सेंक लेते हैं। और आग तापते हुए अलाव के पास खड़े आदमी से दो-चार बातें कर-करा लेते हैं। इन चर्चाओं के चलने का समय गाँव-देश के माहौल पर निर्भर करता है।

अगर कोई चुनाव निकट हो, तो ये वार्तालाप घंटों चल जाती है। ऐसे में द्वार के स्वामी की तो कभी-कभार मुसीबत हो जाती है। बातों-बातों में माहौल इतना गरम हो जाता कि अलाव की आग को भी बौना कर देता। झगड़ा इतना बढ़ जाता कि राजनीति की बातें एक-दूसरे के कुल-ख़ानदान पर चली जातीं। मुँह की फुल्ला-फुल्ली महीनों तक चलती है। वे महीनों एक-दूसरे से नज़रें मिलाने में क़तराते हैं। जिन लोगों के लिए राजनीति से लेना एक न देना दो हो, वे भी चुनाव के समय राजनीतिक चर्चाओं के अखाड़े में कूद ही जाते हैं। माटी पोत पहलवान बन जाते हैं।

नंगू चाचा गाँव के सबसे ज्ञानी माने जाते थे। वो इकलौते ऐसे व्यक्ति थे, जिनके घर रोज़ तीन तरह के अख़बार आते थे। जिनको पन्ना-पन्ना घोलकर पीने के बाद नंगू चाचा के सामने कोई दो मिनट भी नहीं टिक सकता था। अगर चुनाव का समय नज़दीक हो, तो चाचा जी शहर से दो-चार पत्रिकाएँ भी उठा लाते। यही पत्रिकाएँ उनके समसामयिक ज्ञान को ऐसी धार देतीं, जिसकी काट किसी के पास न होती। चाचा जी जाड़े के समय में कभी इस द्वार अलाव तापते, तो कभी उस द्वार। हर जगह उनका

वर्चस्व फहरता। नाम इनका नंगू था, परंतु इनकी धारदार दलीलें बड़े-बड़ों के कपड़े फाड़ उनके ओछे ज्ञान को नंगा कर देतीं। उनकी बोलती पिछले साल तब बंद हो गई थी, जब अविनाश पिछली बार मकर-संक्रांति पर गाँव आया था। तब बता चला था कि चाचा जी के भी किताबी ज्ञान का बाप उस गाँव की धरती पर था। अविनाश दिल्ली में किसी निजी कम्पनी में काम करता था। पाँच साल दिल्ली में सिविल परीक्षा की तैयारी करने के बाद भी जब उसको सफलता न मिली, तब उसने कोचिंग संस्थानों में पैसा फूँकना छोड़कर दो पैसे उपजाने की ठानी। कुछ असफलताओं की टीस जीवन भर रहती है, फिर अविनाश को नौकरी करते तो अभी दो ही साल हुए थे। टीस हरी थी। नीली बत्ती को माशूका समझता था, जिसको न पा पाने के मलाल ने उसको दिलजला बना दिया। वो बड़ा ही होनहार था, लेकिन उसकी प्रतिभा सरकारी तंत्रों में ख़ामियों की बलि चढ़ गई। वैसे तो वो गाँव में आने पर मुँह कम खोलता था, लेकिन वो झूठी खबरों पर अधिक देर तक मौन नहीं साध सकता था।

उस समय अविनाश घर आया हुआ था। वो एक शाम अपने द्वार पर अलाव जलाकर आग ताप रहा था। कुशल-क्षेम पूछने कुछ लोग आ गए, और आग तापने लगे। असफलता पर व्यंग कसना समाज की फ़ितरत है। जब तक अविनाश लोक सेवा परीक्षा की तैयारी कर रहा था, तब तक लोग उससे ईर्ष्या वश दूर ही रहते थे। लेकिन जब उसने तैयारी छोड़ दी, मानो पूरा गाँव उसका हमदर्द-सा हो गया। वो सबका दोस्त हो गया, क्योंकि अब अविनाश उनके जैसा हो गया था। उस शाम नंगू चाचा अविनाश के द्वार से कन्नी काटते हुए गुज़र ही रहे थे कि अलाव का मज़ा ले रहे लोगों ने उनको भी निमंत्रण दे दिया। बातों-बातों में बात आगामी चुनाव पर छिड़ी। नंगू चाचा शुरू थे। लोग उनको सुने जा रहे थे। फ़लाना पार्टी अच्छी है, बॉर्डर पर ये कर दी, देश-विदेश सुरक्षित, रोज़गार इत्यादि। अलाव तापते हुए एक आदमी ने बोला कि अब मैं चलता हूँ। कल बेटे के स्कूल की फ़ीस भरनी है। आज वो गेहूँ का बोरा तैयार करेगा, तो कल उसको बेचकर निजी स्कूल जा रहे बच्चे की फ़ीस भरेगा। इस पर भी नंगू चाचा ने अपनी राय की पोटली में से एक राय ख़र्च डाली, ''बहुत अच्छा, पढ़ाई बहुत ज़रूरी है, पढ़ेगा इंडिया तभी तो आगे बढ़ेगा। हमारी सरकार भी इस पर बहुत बल दे रही है। एक दिन हमारा देश अमेरिका को भी पछाड़ देगा। भारत उनसे भी आगे निकलेगा।''

उस आदमी को नंगू चाचा की बातें निरा बकवास लगीं, और उसने वहाँ से उल्टे पाँव खिसक लिया। चाचा जी शुरू रहे। लोग सुनते रहे। अविनाश का धैर्य और सुनने की गवाही नहीं दे रहा था। चाचा जी ने मौक़े पे चौका दिया, उन्होंने बोला, ''यह सरकार पढ़ाई को बहुत गम्भीरता से ले रही है, हमें इसे जिताना चाहिए।''

दूसरे बैठे आदमी ने बोला, ''कोई नेता कभी चुनाव में तो पढ़ाई की बात ही

नहीं करता, फिर ये बात चाचा जी कैसे कह सकते हैं!''

तभी उसको याद आया कि चाचा जी नेता थोड़े ही नहीं हैं। वो तो एक वोट के स्वामी हैं। अलाव तापने अविनाश के पिता जी भी आ गए। वो भी नंगू के मुरीद थे। पढ़े कम थे, लेकिन चीज़ों का बारीक़ी से अवलोकन करते थे। जब चर्चा का विषय उनकी समझ में आया, तब उन्होंने बोला, ''नंगू, पढ़ेगा इंडिया, तभी तो आगे बढ़ेगा, इसमें कौन सी नई बात है? ये तो हमारे बाबू जी भी बोलते रहे, मुझे पढ़ाने का पूरा प्रयास करते रहे। यही बात हमने अविनाश को भी विरासत में दी। प्रयास किया कि इसको दम भर पढ़ा सकूँ। इसकी पढ़ाई में कुछ खेत गिरवी रखे, और कुछ बिक भी गए।''

अलाव थोड़ा मुरझा रहा था। आँच कम, धुआँ अधिक उठ रहा था। धुआँ लोगों की साँसों के पीछे पड़ा था। नंगू चाचा भी उसी में कभी आँख मूँदते, तो कभी फूलती हुई साँसों से जवाब देते। एक भी बात के जवाब में वो अगर चूकें, तो वो नंगू चाचा नहीं। अविनाश अलाव की लकड़ी को थोड़ा सजा रहा था। बहस लंबी चल सकती थी, इसलिए वो और उपले और पुआल लेकर आ गया।

एक दूसरे आदमी ने अविनाश के पिता से बोला, ''हाँ भैया, आपने तो अविनाश को पढ़ाने में बहुत ही मेहनत की।'' अविनाश अभी भी चुप था कि नंगू चाचा ने बोला, ''हाँ भैया, अब कितना अच्छा काम कर रहा है अविनाश, इसीलिए तो हमें अपने बच्चों को पढ़ाना चाहिए। पढ़ेगा इंडिया, तभी...''

अविनाश, नंगू चाचा से, मुस्कराते हुए, ''चाचा जी, क्षमा करिएगा, आप पिता जी के परिश्रम का श्रेय सरकार को दे रहे हैं। इस नारे में नया क्या है, ये तो दुनिया जानती है।''

नंगू चाचा, ''बेटा, अगर लोग पढ़ाई का महत्त्व जानेंगे, तभी तो बच्चों को विद्यालय भेजेंगे। जागरूकता फैलाना एक अच्छी सरकार का काम है।''

अविनाश, अब तर्क-वितर्क के लिए तैयार हो उठा था।

''चाचा जी, आप तो बुद्धिजीवी हैं। देश-विदेश की जानकारी रखते हैं। आपको तो पता ही है कि सरकार का काम केवल जागरूकता फैलाना नहीं होता है, बल्कि उसके साथ-साथ संसाधन भी देना होता है। शिक्षा के संसाधन हैं—अच्छे विद्यालय और व्यवस्था। अगर हमारे सरकारी स्कूल अच्छे होते, तो जो अभी गेहूँ बेचने की तैयारी करने गये हैं न, ये तैयारी किसी को नहीं करनी पड़ती। स्कूल की फ़ीस भरने की नौबत ही नहीं आती।''

चाचा, ''तो तुम क्या बोल रहे हो? सबको स्कूल मुफ़्त में मिलना चाहिए?''

अविनाश, ''जी चाचा।''

''तुमको वामपंथी कीड़ा काट लिया है, मुफ़्त में सब चीज़ें दोगे, तो लोगों के

शरीर में जंग लग जाएगी।''

''चाचा जी, किसी पंथी से मतलब नहीं है यहाँ पर। अभी थोड़ी देर पहले आपने कहा कि पढ़ेगा इंडिया, तो एक दिन अमेरिका को भी पछाड़ देगा। क्या आपको पता है वहाँ के स्कूलों की फ़ीस कितनी है?''

''महँगा देश है, फ़ीस भी तगड़ी ही होगी।''

''चाचा जी, प्रारंभिक शिक्षाएँ मुफ़्त हैं वहाँ पर। वहीं नहीं, जितने भी देश आज तरक़्क़ी के आसमान छू रहे हैं, वहाँ शिक्षा मुफ़्त है, और सारे विद्यालय सरकारी हैं। निजी स्कूल गिने-चुने हैं।''

चाचा जी को लगा कि उनका ज्ञान अविनाश के आगे कमज़ोर पड़ रहा है, अविनाश के आँकड़ों को वो नकार भी नहीं सकते थे। पिछले साल की बहस के दौरान अविनाश के दिए गए सारे आँकड़े तुरंत गूगल किए थे, और सच पाकर मुँह की खाए थे। चाचा जी को पता नहीं था कि अविनाश ने लोक सेवा परीक्षा की तयारी करी थी, साक्षात्कार तक गया था। गूगल ऐसे ही लोगों के आँकड़े खोजकर प्रस्तुत करता है।

चाचा, ''बच्चा अविनाश! जिसको पढ़ना रहेगा, वो कहीं से भी पढ़ सकता है। वो मुनीर चाचा का लड़का, नवनीत,...कलेक्टर बन गया। वो इसी सरकारी स्कूल से पढ़ा था। तुम भी कलेक्टर बनते-बनते रह गए। क़िस्मत से मार खा गए।''

वाद-विवाद का स्तर तब घटिया के मापदंड से भी नीचे गिर जाता है, जब कोई व्यापक हो रही चर्चा को व्यक्तिगत कर दिया जाता है। सामने वाले को लगता है कि दूर क्यों जाना पहले इसी पर निशाना दागो। फिर इसकी बोलती बंद हो जाएगी। लेकिन अविनाश के पास हर मिथ्या की काट थी। उसने बोला, ''चाचा जी, पूरे गाँव से कइयों पीढ़ियों में से केवल एक ही कलेक्टर क्यों बन पाया? सरकारी विद्यालयों से पढ़ने वाले बाक़ी ग़रीब बच्चों का क्या? वहाँ से पढ़े बच्चे या तो बेरोज़गार हैं, या तो बड़ी मुश्क़िल से पेट भर पा रहे हैं। एक का कलेक्टर बन जाना सदियों तक सरकारी विद्यालयों में पढ़ने वाले बच्चों के कन्धों को भारी किया रहेगा। लेकिन किसी भी तंत्र की पहचान वहाँ के औसत से होनी चाहिए, न कि निपट अपवादों से। अगर वो कलेक्टर बने, तो उनकी कड़ी मेहनत और लगन से।''

चाचा, ''यही तो मैं भी बोल रहा हूँ बेटा, कड़ी मेहनत सब करते तो सब अच्छा करते।''

अविनाश, ''कलेक्टर साहब एक अपवाद के रूप हैं, वो सौभाग्यशाली रहे कि उनको सही दिशा मिल गई। बहुतों के घर में दिशा देने वाले नहीं होते, फिर विद्यालय का क़िरदार बहुत महत्त्वपूर्ण हो जाता है। इस क्षेत्र में सरकारी विद्यालय विफल हैं। इस विफलता का कारण सरकार का आम जनता को अच्छी शिक्षा न देने की मंशा है।''

अविनाश अभी और बोलता जाता, तर्कों के और बाण चलाता रहता, जो नंगू

चाचा उसको बीच में न टोक देते। अविनाश की सरकार की मंशा पर शक वाली बात ने चाचा जी के हृदय को छेद दिया। इसने चाचा जी को छेड़ दिया, उनको पिनका दिया। इधर बहस का ज्वालामुखी फट चुका था और लावाकणों के निकलने का क्रम बिना साँस लिए जारी था। उधर अविनाश के पिता जी अलाव की आग को भी लहकाए थे। अविनाश के पिता को डर था कि कहीं नंगू भाई खीज न जाएँ। अविनाश ने उनकी ज्ञानी सत्ता को पिछली बार इसी जगह पर पटकनी दी थी। तब नंगू भाई दो-तीन महीने मुँह फुलाए रहे। ऐसी नौबत दोबारा न आये, इसलिए उन्होंने बोला, ''अरे अब आप लोग कुछ कल के लिए भी रहने दीजिए, या कल नहीं मिलने का मन है?''

बात का उद्गम स्थल जिह्वा होती है, लेकिन बात जबान से निकलने से पहले मन से चलती है। इसीलिए कहा जाता है कि जीभ के घोड़े को काबू में करने के लिए मन की लगाम हमेशा अपने हाथ में रखनी चाहिए। योग साधना इस लगाम को थामने वाले हाथों में से एक है। नंगू चाचा कंकड़ का जवाब पर्वत से देने का मन बना चुके थे। ऐसा पर्वत, जो बहस के किसी भी बादल को जीतने के लिए अपनी ऊँचाई बढ़ा सकता था। वो बादल को पा सकता था। फिर उनके आगे पैदा हुए एक बच्चे ने उनके ज्ञान को ललकारा था। अब वो कहाँ रुकते? चाचा जी थोड़ा गुस्से में, ''तुम कहना चाहते हो कि सरकार लोगों को नहीं पढ़ाना चाहती?''

अविनाश, घर के पास वाले गड्ढे की तरफ इशारा करते हुए, ''चाचा जी, उस गड्ढे में मदार का फूल है। हम लोग बचपन में इसके साथ एक खेल खेलते थे। इस फूल में कई सारी परतें हैं। हम एक-एक करके इन परतों को खोलते जाते थे। सबसे पहले पाँच सुन्दर पंखुड़ियाँ मिलती थीं, जिनको पार करने के बाद हमारी पाँच दरबानों से भेंट होती थी। ये दरबान एक ढँके हुए कुएँ की सुरक्षा करते थे। कुएँ में क्या है? यह बचपन में हमारी जिज्ञासा का विषय होता था। उसको खोलने पर हमें राजा-रानी मिलते थे।

इस फूल पर बाहर से ही अधिकतर मधुमक्खियाँ रसपान करके चली जाती थीं। कुछ-एक ही ढिठाई से उस ढक्कन को खोदकर राजा-रानी तक पहुँच पाती थीं। अगर हर मधुमक्खी को अंदर के राजा-रानी का पता चल जाता, अगर हर मधुमक्खी योग्य हो जाती, तो वे राजा से सवाल-जवाब नहीं करतीं? उनको भी नहीं चूस डालतीं? इसीलिए राजा ने सबको इस योग्यता को नहीं पाने दिया।''

मदार का फूल तो नंगू चाचा रोज़ देखते थे, लेकिन उसके अंदर इतना गहरा रहस्य होता है, वे किसी किताब में नहीं पढ़े थे। अविनाश की बातें सब उनके सिर के ऊपर से गुज़र रही थीं। फूल और पढ़ाई का सम्बन्ध वो समझ नहीं पा रहे थे। उन्होंने बोला, ''मदार बड़ा ज़हरीला होता है, और हम जहर से दो लट्ठे दूर ही रहते हैं।

हम उसके पास नहीं जाते। तुम्हारा कहने का मतलब क्या है? सीधे-सीधे बोलो। बहुत फ़लसफ़ा मत झाड़ो।''

अविनाश के पिता और गाँव के लोग अविनाश की मदार के फूल वाली बात से सन्न रह गए। इस विषय में सबकी समझ नंगू चाचा से तनिक भी अधिक न थी। सब इस डर से सहमे आग ताप रहे थे कि अब उनका बताने का नम्बर न आ जाय।

अविनाश, ''चाचा जी, फूल हमारा देश है, जिसमें बहुत सारी मधुमक्खियाँ, मतलब जनता रहती है। अगर सारी जनता राजा तक पहुँचने योग्य हो जाए, तो आए दिन राजा से सवाल होंगे। हर काम करने से पहले राजा को एक बार जनता की प्रतिक्रिया के बारे में सोचना पड़ेगा। अच्छी शिक्षा वह उद्यम और कौशल है, जिससे जनता सही मायने में राजा होती है।''

अब अविनाश को रोकने वाला कोई न था। नंगू चाचा समर्पण भाव से सुन रहे थे। बीच-बीच में सिर हिलाकर अपनी समझ दर्ज़ कराते। अविनाश के पिता अलाव में और कंडे सरिया दिए। अब पुआल का इस्तेमाल नहीं हो रहा था। पुआल की आग घुसकी कटवाती है। पुआल एक पल में लहकता है, और अगले ही पल ठंडी राख में तब्दील हो जाता है। उसके लहकने पर तेज आँच से लोग दूर भागते हैं, और उसके बुझने पर अपनी यथा स्थिति को लौट आते हैं। अब ज़रूरत थी लकड़ी और कांडों की जो समरस और लम्बे समय के लिए एक समान गर्मी दे सकें।

अविनाश,

''बचपन में एक कहावत पढ़ी थी—अन्धेर नगरी चौपट राजा, टके सेर भाजी टके सेर खाझा। इसमें चौपट राजा को सिंहासन पर बैठाने का पूरा श्रेय जनता को जाता था, और जनता को चौपट बनाने का श्रेय राजा को। राजा जनता को अच्छी शिक्षा से दूर रखता था। डर था कि अधिक जान जाएँगे, तो सवाल करेंगे। अशिक्षा से भय की उत्पत्ति होती है और भय एक स्वच्छन्द सोच का भक्षक है। भयभीत की सोच परजीवी हो जाती है। इसी परजीविता को राजनीतिक पार्टियाँ चुनावों में अपने-अपने तरीकों से भुनाते हैं। अगर सरकार सबको अच्छी शिक्षा देगी, तो सारे लोग अपने पैरों पर खड़े हो जाएँगे। सारे लोगों की अपनी एक स्वतंत्र सोच होगी। लोग अपना बुरा भला समझ सकेंगे। उनको किसी चुनाव में उम्मीदवार लोग अपने मन माफ़िक़ चश्मा नहीं पहना सकेंगे। और तो और अगर चुने जाने के बाद उम्मीदवार अपने वादों से कन्नी काटेंगे, तो जनता उन पर नकेल कसेगी। उस पर भी अगर लाइन पर नहीं आए, तो जनता सरकार को अगले चुनाव में कुर्सी से धकेल देगी।''

अविनाश को लगा कि वो ख़ुद ही नेताओं जैसे भाषणबाजी कर रहा है। उसने पूछा, ''चाचा जी, पिछली बार कोई नेता आकर ये बोला था कि हमें वोट दो हम

अच्छा स्कूल बनवा देंगे?''

चाचा, ''नहीं, वो तो यही भाई-बिरादरी की बात करते हैं।''

अविनाश, ''वो इसलिए शिक्षा की बात नहीं करते कि अगर हम अच्छे से पढ़ लिख लेंगे, तो उनकी मुश्किलें बढ़ जाएँगी। अभी वो बगुला हाँकते हैं, हंस को सम्हाल पाना उनके वश की बात नहीं है। इसलिए बगुला को बगुला या वश चले तो कौआ बनाकर रखना चाहते हैं।''

''चाचा जी, आप से अधिक अख़बार कोई और नहीं पढ़ता होगा। कभी सुने हैं कि नई सरकार में शिक्षा मंत्री बनने की नेताओं की होड़ लगी है?''

चाचा जी, ''नहीं बेटा, इस मंत्री का तो नाम मुझे भी नहीं पता। अख़बार में भी नहीं आता।''

''अच्छा चाचा, हम वोट देने से पहले कभी नेता से पूछते हैं कि कितना पढ़े हो?''

''नहीं बेटा।''

''कभी किसी को सुने हैं कि वो बचपन से ही अध्यापक बनने का सपना देख रहा है?''

''सब तो कलेक्टर का सपना देखते हैं, मास्टर कौन बने? मास्टर को सामाजिक ओहदा कहाँ मिलता है।''

''चाचा जी, जब कोई स्कूल नहीं खोलना चाहता, कोई नेता की पढ़ाई नहीं पूछता, कोई शिक्षा मंत्री नहीं बनना चाहता, कोई शिक्षक नहीं बनना चाहता, तब आप ही बताइए कि इंडिया क्या पढ़ेगा, और कैसे आगे बढ़ेगा?''

अब जाकर नंगू चाचा के पल्ले पड़ा कि नेता चुनाव से पहले तरह-तरह के लोभ देकर क्यों लुभाते हैं। वे क्यों गमछा, कुर्ता, साड़ी वग़ैरह मुफ़्त देते हैं। वो क्यों लोगों से शिक्षा की बात नहीं करते। आख़िर, गुणवत्तापूर्ण शिक्षा की महत्ता की शुरूआत कहाँ से हो? सरकार करे? जनता करे? कोई आंदोलन हो? फिर चाचा ने सोचा कि जब नेता लोग जनता को ही जनार्दन बोलते हैं, तो क्यों न ये शुभ काम जनता से ही शुरू हो।

नंगू चाचा जैसे हर गाँव, हर शहर में लोग सामने आने लगे। अपने नेता से अच्छे विद्यालयों की माँग करने लगे। इंडिया के हर छोटे-बड़े, अमीर-ग़रीब ने समान, अच्छी शिक्षा ली। सबने मिलकर भारत को आगे बढ़ाने का संकल्प लिया। वाक़ई में 'पढ़ेगा, तभी तो आगे बढ़ेगा इंडिया' वाला उद्घोष देश में एक इंक़लाब ला देगा।

पगली

सड़क। सड़क के किनारे एक झोपड़ी। झोपड़ी की छत कहीं से खुली, तो कहीं से सिली। वो छत न तो पूरी धूप रोक पाती, और न ही हल्की बारिश। छत पर कटे-फटे कपड़े के छप्पर के अलावा कोई और कपड़ा न था। अंदर क्या है? दिशायें बड़ी उत्सुकता से जानने में लगी रहतीं। एक दिशा की उत्सुकता में थोड़ी बाधा होती, लेकिन बाक़ी नवों दिशायें अपना मनोरंजन ख़ूब करतीं। उसको देखकर उनकी जिज्ञासा पूरी हो जाती। झोपड़ी में ज़मीन पे बैठी वो बहुतों के मनोरंजन का साधन होती। उसकी दशा कुछ समझदार लोगों को गुदगुदाती, कुछ नादानों को हँसाती, और बहुत सारे बच्चों को डराती। अगर उसको किसी हॉरर फ़िल्म वाले निर्माता देख लें, तो उसको यथास्थिति ही शूटिंग में भूतिनि के क़िरदार के लिए ले लें। वो उनकी

नक़ली साज़-सज्जा से बनाई गई भूतिनि से कहीं अधिक डरावनी थी। गंदा, मटमैला चेहरा, जैसे बरसों से शरीर को पानी ने न छुआ हो, साबुन का उसको छूना सपने जैसा था। बड़े-बड़े लटराए हुए बालों के सिरे साधु-संतों की शौक़िया जटाओं से कहीं अधिक नुकीले थे। पीले-पीले दाँत ऐसे लग रहे थे कि उसको बचपन से ही किसी ने दातून नहीं पकड़ाई। कटी-फ़टी ब्लाउज़ कुत्सित मानसिकताओं की खिड़की थी। नीचे जीर्ण, गंदा पेटीकोट। बस पेटीकोट-ब्लाउज़ ही उसकी लाज को तोपे हुए थे। ज़मीन पर उसके बग़ल में एक टिन की टेढ़ी-मेढ़ी थाली थी, जिसमें चंद सिक्के उसकी भूख भर देते थे। राह चलता हर आदमी एक बार पलटता ज़रूर था, उसको देखने के लिए। बच्चे अपनी माता-पिता की अंगुली पकड़े, थोड़ा सहमे, पूछ ही लिया करते थे, 'वो कौन है?'। वो 'पगली' कहलाती थी। उसके बग़ल में एक काग़ज़ की दफ़्ती पर लिखा था—'राक्षस भगवान को खाता है।'

सपनों का शहर बंबई। दिन-रात अथक चलने वाले इस मेहनती शहर में बरसात अगर अपने पे आ जाए, तो दौड़ते हुए इस शहर को महीनों घुटनों टिका देती है। बरसात पूरी चकाचौंध को ध्वस्त कर देती है। सड़कों और समंदर का संगम करा देती है। कोई बता नहीं सकता—कहाँ सड़क है, कहाँ घर! लोग बारिश के साफ़ पानी में चल रहे हैं, या अपनी की हुई गंदगी वाले में। कोई चीज़ गंदी तभी तक लगती है, जब तक उससे साफ़ चीज़ का विकल्प न हो। नहीं तो साफ़-सुथरी ज़िन्दगी को भी नाले के पानी से कोई ग़िला नहीं होती। ऐसी बाढ़ में घूँट-घूँट पानी पीने से घुटता हुआ जीवन अपनी साँसों की भीख माँगने लगता है। बरसात हर तरफ़ त्राहि-त्राहि मचा देती।

अभी बारिश के कुछ दिन ही हुए थे। बारिश हुई और कुछ दिन के आराम पर चली गई। शहर के अधिकतर नाले मानसून का मज़ा चखने बाहर निकल आए। जब उनको अपने गंतव्य तक पहुँचने में बाधा आई, तो नालों ने सड़क को अपना समंदर समझ लिया। कुछ जगहों पर नगरपालिका के लोग नालों को साफ़ करने पहुँचे। बहुत सारे कर्मचारी बारिश का हवाला देकर कामचोरी का छाता ओढ़ बैठ गए। कहीं-कहीं लोग अपने-आप ही नाले की सेवा में जुट गए। परिणाम—बहुत सारे मैनहोल खुले तो, लेकिन पूरी तरह से बंद नहीं हो पाए। वो मुँह खोले मगरमच्छ बन गए। किसी को अपने अंदर खा जाने के लिए घात लगाए। वे ऐसे मुँह खोले बैठे रहते, जैसे उनके खुले होने का किसी को पता ही न हो। मगरमच्छ इस छलावे में माहिर होते हैं। 'पगली' की झोपड़ी के सामने भी एक ऐसा ही मगरमच्छ रूपी मैनहोल था। बंबई इतना ढीठ शहर है कि उसको बड़े-से-बड़े आतंकवादी हमले भी भय में नहीं रख पाए। फिर, सड़क पर थोड़ा-बहुत पानी उसको बाहर निकलने से कैसे रोक सकता था। आस-पास के रहने वालों को सड़क पर पड़े घात लगाए हर

गड्ढे की जानकारी थी। अपने से अधिक वो उन गड्ढों और मैनहोलों की जानकारी रखते। आख़िर उन मगरमच्छों के मुँह से जान बचाते, तभी तो ख़ुद को जान पाते। लेकिन दूर के लोग उस झोपड़ी के सामने वाले मगरमच्छ से अनजान थे।

एक आदमी हाथ में चमड़े वाली चप्पलें लिया हुआ सड़क पार कर रहा था। आती-जाती गाड़ियों से बचते-बचाते। हाथ उसका उठा हुआ, गाड़ियों की ओर इशारा करता हुआ। नज़रें उसकी हर चालक की आँखों को देखने का प्रयास कर रही थीं। वो कहना चाह रही थीं कि मुझे भी देख लो, और रफ़्तार थोड़ी धीमी कर लो। मेरे ऊपर मत चढ़ा देना। कोई गाड़ी धीमी नहीं होती। बल्कि, उसको बहुत सारे अपशब्द सुनातीं। गाड़ी की ब्रांड अपना धौंस जमाती। हर बड़ी गाड़ी छोटी को भयभीत करने का अप्रत्यक्ष प्रयास करती। रुतबे वाली मानसिकता की गाड़ियाँ साइकिल को मज़दूर समझतीं, और पैरों को भिखमंगा। 'जान बचा ले, वरना चाँप दूँगी', ये उनके पों-पों करते हॉर्न बोल रहे थे, इसीलिए उस पथिक का पूरा ध्यान गाड़ियों पर था। वो उन सबसे अपनी जान बचा रहा था, मगर उस घात लगाए मगरमच्छ रूपी मैनहोल से एकदम अनजान! कभी-कभी आदमी ज़िन्दगी कहीं और ढूँढ़ता है, लेकिन मौत कहीं और उसका इंतज़ार कर रही होती है। उस राही का अगला कदम सीधे मैनहोल में घुस गया।

ज़मीन सोचकर कदम रखा था, धोखे में पड़ गया। वो चोट के मारे चीखने लगा। धीरे-धीरे वो नाले में अंदर जाने लगा। चित्कारता हुआ, बचाओ-बचाओ चिल्लाता हुआ। उसका पूरा धड़ नाले में था, कुछ पलों में उसका सिर भी नहीं दिखाई देने वाला था। वो जलमग्न होता जा रहा था। मरता क्या न करता? संयोगवश, उसके हाथों को मैनहोल का किनारा पकड़ा गया। बस, वो उसी को जीवन रेखा समझकर झूल गया। रास्ते की गाड़ियाँ, चलती जा रही थीं, पहले से थोड़ी धीमी। हर गाड़ी उसको एक नज़र ज़रूर देखती, फिर आगे बढ़ जाती। लोग भी आस-पास इकठ्ठा होने लगे।

लेकिन ये लोगों को क्या हो गया था? कोई उस आदमी को अपना हाथ क्यों नहीं दे रहा था? सबके हाथों में ये क्या था? कोई उस आदमी की फोटो खींच रहा था, तो कोई उसकी अंतिम वीडियो बना रहा था। सबके कान बहरे पड़े थे। सबकी आत्मा परलोक जा चुकी थी। सब बुत बनकर खड़े थे, एकदम निर्जीव। कोई भी मगरमच्छ के जबड़े में जकड़े उस आदमी की तरफ़ नहीं देख रहा था। सबकी आँखें अपने-अपने मोबाइलों में जम गई थीं। मानवता का नंगा नाच चल रहा था। यदि नाला केवल एक होता, तो वो बेचारा आदमी स्वयं उससे बाहर निकलने की कोशिश करता। असल में वो एक दूसरे नाले के नागपाश में जकड़ा था। आसमान उस नाले की सड़क थी, जिससे वो नाला ढँका था। उसको घेरे लोग उस नाले की

दीवारें थे, एकदम अँधेरा किए हुए। वो आदमी स्वयं मुसीबत से निकलने का ज़ोर लगा सकता था, लेकिन लोग उसको ललचा रहे थे। मायाजाल फेंके पड़े थे। लोग ललचा रहे थे कि वो अपना हाथ देंगे, और नाले वाले को पुनर्जीवित कर देंगे। उसको पता नहीं था कि वो सारे लोग निर्जीव थे, अगर मानव होते तो ज़रूर प्रकाश करते; हाथ बढ़ाते। ऐसे लोगों के मरने के बाद उनकी स्मृति शिला पर लिखा जाएगा—'नाले में मानवता बोरने वाला'। तभी झट से वो 'पगली' वहाँ हाँफते हुए दौड़ी आई। उसने न आव देखा न ताव, उस आदमी को नाले से निकालने में लग गई। लोग उसका भी वीडियो बना रहे थे, लेकिन पहले से नज़रें थोड़ी झुकाए हुए। फोन से आँखें चुराकर वो 'पगली' को झाँक रहे थे, जैसे थोड़ी शर्म महसूस कर रहे हों। आदमी की ज़िन्दगी नाले से बच गई। 'पगली' फिर अपने झोपड़े में चली गई।

उस औरत के जाने के बाद 'दो मिनटों 'का मौन था। अभी-अभी 'मानवता जी' का स्वर्गवास जो हुआ था। तथाकथित समझदार लोगों की इस समस्या की जड़ का मंथन शुरू हो गया : नगरपालिका वाले बड़े कामचोर हो गए हैं; भ्रष्टाचार अपनी चरम पर है; अगली बार मेयर बदल देंगे; धरना करेंगे; जवाब लेंगे, इत्यादि। जड़ में कुछ भी था, लेकिन उस समय 'समझदार' लोगों से वो 'पगली' अधिक मानव निकली। उसका पति नाले की सफ़ाई करने उसी मैनहोल में घुसा था, लेकिन वो बाहर नहीं आ पाया। उसने नगरपालिका, ठेकेदार, पुलिस थाने और न्यायपालिका सबमें अपने पति को बहुत ढूँढ़ा। कहीं नहीं पा पाई। उसके भगवान रूपी पति को राक्षस रूपी मैनहोल खा गया था। घरवालों ने डायन बोलकर उसे घर से निकाल दिया। तब से वो किसी को भी उस मैनहोल में जाने से मना करती थी।

रंग-बिरंगे फूल और काँटें

बचपन से ही उनको नेता बनने का बहुत शौक़ था। उनमें एक सफल नेता के सारे लक्षण मौजूद थे। किसी के सुख में पहुँचे, या न पहुँचे, वे दुख की घड़ी में साथ ज़रूर खड़े होते। कहीं भी हो रहे अन्याय पर चुप्पी साधे रहना उनके चरित्र में नहीं था। उनका बाग़ी स्वर हर कमज़ोर की आवाज़ होता। लेकिन नेतागिरी उनकी चल नहीं पा रही थी। वे सही मायने में नेता थे। लोगों के हमदर्द थे। लेकिन कभी भी गाँव के प्रधान तक न बन सके। वे दिलों को जीतना जानते थे, लेकिन वोट पाने की कला नहीं सीख पाए थे। अपने नेतागिरी के लक्षणों को वो भुना नहीं पा रहे थे। क़िस्मत साथ नहीं दे रही थी, या तो उनको अभी कुछ सीखना बाक़ी था। उनको लगा कि अब नेता बनने का सपना छोड़कर आम जीवन जीने का समय आ गया है।

उन्होंने शादी की। चार-पाँच साल बीत गए। गाँव के सारे लोग उनको टोकते फिरते कि अब एक बच्चा होना चाहिए। ऐसा नहीं था कि यह चिंता केवल गाँव वालों की थी। नेता जी तो शुरू से ही प्रयास कर रहे थे। कहते हैं, जो काम आदमी ख़ुद न कर पाता है, उसको अपने बच्चे से करवाने के ख़्वाब सजाता है। वो बच्चे के सिर पर अपने अधूरे सपनों की पगड़ी बाँध देता है। इसी सोच का नतीज़ा था कि नेता जी जल्दी से बच्चा पैदा करना चाहते थे। वे उसके अंदर बचपन से ही एक कुशल नेता बनने के बीज बोना चाहते थे। समय के साथ उन्होंने सफल नेताओं के गुणों का ख़ूब अवलोकन किया। वे अपनी नेतागिरी न चलने के कारण अब ख़ूब जानते थे। बस उन कारणों को क़िस्मत का नाम देकर ख़ुद को बहलाते थे। अगर वे दोबारा अपने जीवन को दोहरा सकते, तो उन सीखों की बदौलत अवश्य एक सफल नेता होने के नए कीर्तिमान स्थापित करते। लेकिन सोचा हुआ सब कुछ हो जाय, ऐसा हमेशा कहाँ होता! नेता जी को बहुत सारी दवा-दारू करने के बावजूद भी संतान की प्राप्ति न हो सकी। जब लाखों उपाय अपनाने के बाद भी वे संतान का मुख न देख पाए, तो उनके अंदर खिन्नता का भाव पैदा हुआ। वे निराशा के समन्दर में डूब गए, और उनके नेता वाले सपने ने भी होनी के आगे दम तोड़ दिया। वो अब अपनी फूटी क़िस्मत को कोसते, और एक रोज़मर्रा की ज़िन्दगी बिताने लगे। उनके गाँव में उनका एक जिगरी दोस्त था। नेता जी राजा जैसी आमदनी रखने के बावजूद भी अपने गंगू तेली जैसे दोस्त के घनिष्ठ मित्र बने रहे। नेता जी अमीर थे, लेकिन उनका दोस्त बहुत ग़रीब। नेता जी एक धर्म के थे, तो ग़रीब दोस्त दूसरे धर्म में आस्था रखता था। दोनों के अर्थ भी अलग और धर्म भी अलग थे। लेकिन हर चीज़ में वो ग़रीब न था। संतुलन बनाए रखना प्रकृति का नियम है। प्रकृति किसी एक पलड़े को कभी भी भारी नहीं होने देती। ग़रीब दोस्त के पाँच बेटे गाँव में हर-एक को खटकते। जब वे बड़े होंगे तो पाँच लाठियों से भिड़ने की क़ूबत भला किसमें होगी! लेकिन वो बड़े तब हो पाते, जब उनका ग़रीब बाप दो जून के उनके निवाले जुटा पाता। बिना तेल पिए लाठी सुखंडी रोग से ग्रसित बच्चे के समान होगी। फिर ऐसी लाठी के क्या मायने होंगे! बड़ी मुश्किल से जिंदगी कट रही थी। एक दिन बातों ही बातों में उसने नेता दोस्त से एक मज़ाक कर डाला। उसने कहा, "परिवार इतना बड़ा हो गया है कि अब चलाया नहीं जा रहा। अगर उसका वश चले, तो वो अपने बेटों को किसी दूसरे को दान दे दे। कम-से-कम बच्चे जी तो सकेंगे।"

यह बात नेता जी को उम्मीद जैसी लगी। उन्होंने अपने दोस्त का भार हल्का करने, और दोस्ती की मिसाल क़ायम करने के लिए ग़रीब दोस्त के एक बेटे को गोद ले लिया। समाज में यह बात बहुत सराही गई। सालों भाईचारे के ज्वलंत उदाहरण में इस कृत्य का ज़िक्र होता रहा। नेता जी को अपना मरा हुआ सपना फिर

से जीवित होता नज़र आ रहा था। सूखी हुई दूब पर गोद लिया हुआ बेटा बारिश के पानी जैसा था। उनके सपनों की दूब फिर से हरी हो उठी। उन्होंने अपने बेटे को बड़े ही लाड़-प्यार से पाला। उसको एक नया नाम दिए, और अपनी मान्यताओं के अनुसार उसको बड़ा करने में जुट गए। उसको अपने से अच्छा बनाने के लिए हमेशा संसाधन जुटाते रहे। कुछ साल बीते। फिर उनको लगा कि अगर अच्छा नेता बनाना है, तो बेटे को शहर में पढ़ाना चाहिए। वो परिवार लेकर शहर में बेटे की क़िस्मत बनाने निकल गए।

शहर में बेटे की अच्छी परवरिश की। वह बड़ा होता गया। प्राइमरी स्कूल से मिडल स्कूल से हाईस्कूल तक पहुँच गया। नेता जी को गाँव का छोड़ना जैसे उनके क़िस्मत के ताले की कुंजी जैसा था। उनका नेता बनने का सपना मरा नहीं था, बल्कि वह सपना कुम्भकर्ण की भाँति उनके अंदर ही सो रहा था। वहाँ पर उनकी नेतागिरी चमकने लगी थी। जो कुछ गाँव नहीं सिखा पाया था, शहर की सोहबत ने सिखा दिया। अब उनके एक इशारे पर कई सारे हाथ उठ खड़े होते। उनमें लोगों की भक्ति भगवान से तनिक भी कम न थी। लोग उन पर आँख मूँदकर भरोसा करते। भरोसा ऐसा कि अगर कभी नेता जी दिन को रात कह दें, तो लोग सूरज को चाँद मान ही लेते। उनकी लोकप्रियता राजनीतिक पार्टियों से भी नहीं छिपी। जिसके चलते उनको एक पार्टी का टिकट भी मिला, और वो जीते भी। उनको जब अपनी नेताई में सफलता मिलने लगी, तो वे बहुत अंधविश्वासी हो गए। उनको लगा कि वह गाँव उनके लिए पनौती था, तभी तो वहाँ पर उनको नाकामी मिली। समय के साथ उन्होंने गाँव से अपने संपर्क के सारे तार इसी अन्धविश्वास की छुरी से क़तर दिए। गाँव छोड़े पन्द्रह साल हो चुके थे। वे गाँव को भूल चुके थे। जब कोई उनसे उनका मूल स्थान पूछता, तो भी वे उस मनहूस गाँव का नाम नहीं लेते। अब वे शहर के एक मँझे हुए नेता बन चुके थे। वोट बैंक कैसे बनाते हैं; कौन सी बस्ती में कौन-कौन लोग हैं; किस भाषा को जानते हैं; कहाँ से आये हैं; किस बिरादरी के हैं, इत्यादि सारी भौगोलिक जानकारियों की चलती-फिरती इनसाइक्लोपीडिया थे। आँकड़े उनके जबानी थे। अब वे लोगों को आदमी के रूप में नहीं देखते थे। लोग उनके लिए अब वो काग़ज़ थे, जिनको मतपत्र कहते हैं, जिनकी पोटली बनाकर नेता जी सत्ता पर काबिज़ होते।

उनका बेटा अब बड़ा हो गया था। वो विश्वविद्यालय में पढ़ाई कम और नेता-नगरी में ज़्यादा समय खपाता। उसको भी नेता बनने की प्रबल इच्छा थी। लेकिन उसको यह रहस्य मालूम न था कि उसकी इस चाह के बीज उसके पिता ने बचपन में ही बो दिए थे। वो भी यूनिवर्सिटी से अपनी राजनैतिक यात्रा की शुरूआत करना चाहता था। वो यूनिवर्सिटी के अध्यक्ष पद से अपने राजनैतिक जीवन का रथ

हाँकना चाहता था। इसके लिए उसको बहुत सारे अच्छे दोस्त बनाने पड़ते। वह दोस्त बनाने से पहले यह नहीं देखता था कि सामने वाला किस धर्म-पंथ से है? वो कहाँ से आया है? उसकी भाषा, वेश-भूषा क्या है? बल्कि उसका प्रयास यह रहता था कि उसकी किसी से कोई अनबन न हो। परन्तु सच्चाई यह थी कि पिता की तरह भी उसके लिए एक दोस्त की क़ीमत एक बैलेट पेपर से अधिक न थी।

उधर नेता जी की जनता पर पकड़ को देखते हुए उनकी पार्टी ने उनको सत्ता की अगली सीढ़ी चढ़ने का न्योता दिया। उनको बड़े चुनाव का टिकट मिला। उनको भनक लगी कि इस बार अगर वो जनता का विश्वास जीत लिए तो एक बड़े मंत्री ज़रूर बनेंगे। और ऐसी ही सीढ़ियों पर चढ़कर एक दिन वे सत्ता के उस तख़्त पर क़ाबिज़ होंगे, जहाँ से अधिक ऊँचा और कुछ न होगा। इस चुनाव को जीतने के लिए उनको कुछ ऐसा करना था, जो उन्होंने पहले कभी न किया था। उन्होंने वही हथकंडा अपनाया जिससे भारत सदियों से ग़ुलाम बना रहा—फूट डालो और राज करो। उन्होंने अपने अंदर बची कुची मानवता के अंतिम क़तरे को भी मार दिया। सर्प जैसे अपने केंचुल का परित्याग कर नई त्वचा का अंगीकार करता है, वैसे ही नेता जी इस चुनाव में एक निर्मम, निर्मोही त्वचा को धारण किए। जब तक जनता एक बनी रहती, तब तक वो दूसरी बातों पर नेता जी को परखती। नेता जी ने विभिन्न रंगों के फूलों से भरे समाज की बग़िया में अलगाव का बीज बो दिया। वे एक रंग के फूल की प्रजाति की बृद्धि को दूसरे फूलों के अस्तित्व के लिए ख़तरा बताने लगे। उन्होंने इन फूलों को उनके रंग, क़द, नसल, उद्गम इत्यादि विभिन्नताओं के आधार पर भड़काना शुरू किया। वे भँवरा बनकर भाईचारे के रस को हर फूलों से चूसना शुरू किये। हर प्रजाति के फूलों को इतना भड़का दिए कि अब सब फूल अपना भाईचारा भूलकर अलग-थलग पड़ने लगे। कभी एक रही बग़िया में कई सारी क्यारियाँ बनने लगीं।

चुनाव के दिनों की उल्टी गिनती शुरू थी। लोगों के बीच भाईचारे की डोर इतनी कमज़ोर पड़ गई थी कि वह हवा की एक हलके झोंके से टूट जाती। उस पर नेता जी ने एक दिन मुँह से ऐसी आग उगली, जिसने उस जीर्ण भाईचारे की डोर को भी जला दिया। कभी दोस्ती-यारी करने वाले लोग एक दूसरे के ख़ून के प्यासे हो गए। लोग किसी भी दूसरे रंग के फूल का क़त्लेआम करते-फिरते। वे दूसरे रंग के फूलों को मसल देते। आदमी का फूल हैवान का काँटा बन गया। हर तरफ़ लाशें-ही-लाशें गिर गईं। किसी की छत टूटी, तो किसी माँ का आँचल फटा। कहीं पर विकराल रुदन था, तो कहीं पर मरुधर जैसा सन्नाटा पसरा था। यही आग उस यूनिवर्सिटी में भी फैली, जहाँ नेता जी का बेटा अपनी क़िस्मत आज़मा रहा था। वहाँ भी अब कोई किसी का दोस्त न रहा। नेता जी के सुपुत्र भी उन्मादी झुंड के हत्थे चढ़

गए। उन्होंने कल तक रहे अपने दोस्तों से गिड़गिड़ाया, ''मुझे छोड़ दो, मैं तुम्हारा दोस्त हूँ।''

भीड़ के रंग से नेता जी के बेटे का रंग अलग था, फिर आज किस बात की दोस्ती? भीड़ ने नेता जी के बेटे को मौत के घाट उतार दिया। उसके सबसे क़रीबी दोस्त ने ही उसको मारते वक़्त तनिक भी संकोच नहीं किया। उसका हाथ एक बार भी न काँपा। नेता जी के बेटे की मौत की ख़बरें जंगल की आग जैसी थी। एकदम सनसनीख़ेज़! राष्ट्रीय टीवी चैनलों पर नेता जी के मरहूम बेटे की ख़बरें ज़ोर-ज़ोर चीखने लगीं। ख़बरें यह कहना चाहती थीं कि चिंगारी का खेल बुरा होता है। दूसरों के घरों के लिए तैयार की गई लुत्ती अपने घर को भी जला सकती है। नेता जी के मुँह से उगला हुआ ज़हर उनके बेटे के ख़ून में जा मिलेगा, इसकी तो उन्होंने कभी कल्पना भी न की थी। नेता जी अपने गाँव को भूल गए थे, लेकिन उनके गाँव के ग़रीब दोस्त ने जब टीवी पर यह ख़बर देखी, तो उसका भी कलेजा फट गया। वह आग उसके बेटे की चिता बन गई।

उसका लड़का नेता जी का बेटा बाद में बना था, पहले वह उस ग़रीब का बेटा था। वह अब ख़बरों में आई अपने बेटे के उस चित्र को तो नहीं पहचान सकता था, लेकिन अपने नेता जी को तो ख़ूब पहचानता था। नेता जी से तो वो जवाब माँग नहीं सकता था। संपर्क का कोई तार जो न था। उसी शहर में उसका एक बेटा पढ़ने गया था। उसने उस बेटे की कुशल-क्षेम पूछने के लिए फोन लगाया। शहर के बिगड़ते माहौल को क़ाबू करने के लिए कर्फ़्यू लग चुका था। बेटा, अपने रूम में दोस्तों के साथ बैठकर समाचार देख रहा था। उसकी आँखें टीवी में धँस-सी गई थीं। वह भी डरा हुआ था। मानो वो किसी ख़बर की तलाश में था। तभी उसके पिता का फोन आया। पिता ने उसको यह बात बतलाई कि नेता जी का बेटा असल में उसका भाई ही था, जिसको नेता जी ने बचपन में गोद लिया था। यह बात उसको पिता जी ने पहले कभी नहीं बताई थी। अपना नकारापन किसके हलक़ से निकले ! बेटे ने फोन को तुरंत काट दिया। उसको पता चल गया कि भाई ने भाई का ख़ून किया था! भाईचारा तो दूर की बात थी, नफ़रत ने भाई से भाई को मरवा दिया।

भाई की फ़ोटो समाचार से झाँकी दे रही थी। वह फ़ोटो उसके अपराध का सबूत थी। वह फ़ोटो नहीं, भाई का भूत था। उसने अपने हाथों से विश्वविद्यालय के नेता का क़त्ल किया था। उसी नेता का जो कभी उसका अच्छा दोस्त भी था। उसने बस इस बात के लिए मार डाला कि वो दूसरे धर्म का था। लेकिन असल में उसने अनजाने में अपने भाई को ही मार डाला था! उसने अपने रिश्ते को ही मार डाला था। ख़ून का रिश्ता। यह रिश्ता अलग रंग के प्रति नफ़रत की भेंट चढ़ा। सच ही कहा है,

''नफ़रत के बीज से जो पेड़ तना होता है,

फलता है, लेकिन ज़हर घना होता है।
ज्वालामुखी जो अंगारे सींचता है,
एक दिन अपनी ही धरती को चीथता है।''

समय बीता, चुनाव हुए। नेता जी चुनाव जीत गए, लेकिन बहुत बड़ी रक़म देने के बाद। इस बार की रक़म उनकी ज़ेब से गई थी। व्यक्तिगत हानि थी। उनके किये की सज़ा उनको मिली, जिसका पश्चाताप वे आजीवन करते रहे। सब सत्ता-भोग त्यागकर वापस गाँव चले गये। अब वे आम जीवन जीने लगे। वे कभी अपने उस गरीब दोस्त को यह बताने की हिम्मत न जुटा सके कि उनकी कुर्सी की लालच ही उन दोनों दोस्तों के लाल का काल बनी।

किसान की बारिश

''क़्यू न्यूज़ में आपका तहे दिल से ख़ैर-मक़्दम है। मैं, आपकी आवाज़, रमीज़। मानसून अपने चरम पर है, और साथ में ही देश में कोरोना की मनहूसी भी। पूरा देश इससे निज़ात पाने के लिए एक साथ खड़ा हुआ है। बहुत सारे हमारे देश के वैज्ञानिक दिन-रात इसका सटीक टीका खोजने के लिए पसीना बहा रहे हैं। हम आशा करते हैं कि उन्हें उनकी मेहनत में सफलता जल्द मिले, ताकि हम मानव इस दानव को मात दे सकें। मौजूदा हालातों को देखते हुए आगामी चुनावों को स्थगित भी किया जा सकता है। रोज़गारी की समस्या अपने चरम पर है। एक और समस्या है, जो लोगों को आसानी से नहीं दिखती। किसानों की समस्या। जब से शहर के मज़दूर अपने घरों को लौट गए हैं, किसानों की मायूसी और बढ़ गई है। एक तो रोटी

कमाने वाले घर बैठ गए, दूसरे शहर में कोरोना से ग्रसित भी हो सकते हैं। रोटी वालों के हाथ कट जाने और उनके ग्रसित होने की सम्भावनाओं से घर गाँव वाले दोहरी दहशत में आ गए हैं। ये मानसून उनके लिए मॉन्स्टर न बन जाय, इसके लिए किसानों के मसीहा, हमारे कृषि मंत्री जी कुछ गाँवों में जाकर उनसे मिलेंगे। सीमा पर सैनिकों को मिलने मंत्री को जाते आपने देखे होंगे। इस बार मंत्री जी देश के अंदर के सैनिकों की हौसला अफ़ज़ाई करेंगे। वो अपने किसान भाइयों और बहनों की समस्याओं को भी सुनेंगे। हम आपको इसका सीधा प्रसारण उन गाँवों से दिखाएँगे। तो आपके लिए हम लेकर आ रहे हैं 'किसान की बारिश' लाइव। तो अगर आप हमारे किसानों के जीवन में रुझान रखते हैं, तो मिलते हैं इस हफ़्ते रविवार को दोपहर 12 बजे, लाइव!"

"ई लाइभ का होत है बचवा? (Live क्या होता है बेटा?)", समाचार देख रहे एक किसान ने अपने बग़ल वाले लड़के से पूछा।

"घुरहू काका, बाल सफ़ेद हो गए हैं, लेकिन कुछ भी सीखने के लिए आप बच्चा बन ही जाते हैं। आपके अंदर का यही बच्चा मुझे बहुत अच्छा लगता है। अब मंत्री जी कुछ गाँव जाएँगे, और किसानों से मिलेंगे। उनसे बातें करेंगे। उनकी समस्याएँ सुनेंगे, और उनका उपाय बताएँगे। वो टी.वी पर आएगा। जैसा होगा, वैसा ही, एकदम सीधा-सीधा दिखेगा। बीच में कोई रुकावट नहीं होगी।"

उसी शाम को घुरहू के गाँव के ग्राम प्रधान को ख़बर मिली कि उनके गाँव से ही मंत्री जी अपनी यात्रा शुरू करेंगे। कुछ निर्देश थे—सोशल डिस्टन्सिंग का ध्यान रखते हुए लोगों को खुले में दो मीटर की दूरी पर बैठाया जाय; सभी लोग एन-95 मास्क लगा कर आएँ; कोई भी मंत्री जी के पास न जाय। वर्तमान सरकार की पार्टी के एक कार्यकर्ता ने अगले दिन प्रधान जी को एक पेपर दिया। कुछ सवाल लिखे थे। वो प्रधान जी को एक सन्देश सुनाए, "ये सवालों की लिस्ट है, एक आदमी एक सवाल। इसके बाहर कोई सवाल नहीं पूछे जाने चाहिए। सभा में अपने लोगों को ही बैठाना। सबको अच्छे से तैयार करके, मंत्री जी को ख़ुशहाल चेहरे पसंद हैं। ध्यान रहे अगले साल चुनाव हैं, कोई गड़बड़ी नहीं होनी चाहिए।"

ग्राम प्रधान जी गाँव के बहुत वरिष्ठ और सम्मानित आदमी थे। वो उन लोगों की लिस्ट बनाते हैं, जो उस सभा के लायक हों, और सरकार की पार्टी के दायरे में बैठते हों। प्रधान जी पहले उल्टा सोचते हैं—कौन लोग इस दायरे में नहीं बैठने लायक हैं? सबसे पहला नाम था—घुरहू काका। बाग़ी काका। घुरहू काका हस्ताक्षर कर सकने भर पढ़े थे। पुश्तैनी खेतों से बहुत प्रेम करते थे। खेतों को सूना देखना उनके लिए पाप करने जैसा था। खेती से कुछ ख़ास कर नहीं पाए थे। उनके भाई ने अपने सारे खेत बेच दिए थे, और शहर में नौकरी करते हुए ऐशो-आराम का

जीवन बिता रहे थे। घुरहू काका को खेतों को बेचना अपनी माँ को बेचने जैसा था। वो उनको धरती माँ बुलाते थे। अपने पुरखों की अमानत को वो जतन से रखना चाहते थे। उनको डर था कि अगर वो खेत बेच दिए, तो मरने के बाद स्वर्ग में अपने दादा-परदादाओं को क्या मुँह दिखाएँगे? उनके पिता बोलेंगे कि हम लोग पानी पी-पीकर, पेट काटकर खेतों को बचाए, और तुमने उनको अपने पेट के लिए बेच दिया। प्रधान जी को लगा कि अगर वो किसी तरह से घुरहू को मंत्री जी के सामने न जाने दें तो गाँव की इज्ज़त बच जाएगी। लोग बोलते थे कि घुरहू के जीभ में ब्लेड है, वो हर झूठ को काटती-फिरती है। और फिर, घुरहू काका पिछली बार कलेक्टर साहब के पैर पकड़कर रोने लगे थे। जैसे-तैसे तो उनको हटाया गया। बाद में कलेक्टर साहब ने प्रधान जी की ख़ूब क्लास ली थी। ग्राम प्रधान जी इस बार कोई जोख़िम नहीं उठाना चाहते थे। प्रधान जी ने घुरहू काका की बेटी को फोन करके सब स्थिति समझा दिया। उन्होंने मंत्री जी के आने के एक दिन पहले घुरहू काका को बेटी के यहाँ पहुँचवाने का उपाय लगाया। घुरहू काका इन सब छलावों से अनजान थे।

उधर गाँव मंत्री जी के स्वागत की तैयारियाँ कर रहा था। घुरहू काका भी मंत्री जी के दर्शन को लालायित थे। पार्टी पूरी ज़ोर-शोर से लगी थी। गाँव सरकारी बाबुओं का डेरा बन गया। बाबू लोग दिन-रात उस गाँव में खूँटा गाड़ दिए। टूटी-फूटी सड़कें रातों-रात चमकने लगीं। गाँव के सारे हैंडपंप दुरुस्त हो गए। कई सालों से ख़राब पड़ा ट्यूबवेल ठीक हो गया। कई सारे लोगों के कर्ज़ माफ़ होने लगे। महीनों से सरकारी दफ्तरों के चक्कर काट रहे लोगों के काम पूरे हो गए। गाँव में हर तरफ़ बैनर लग गए, जिसमें मंत्री जी को भगवान जैसा दिखाया गया था; मंत्री जी के सिर के पीछे से प्रकाश पुंज निकलते हुए। बैनरों पर लिखा था,

'अन्नदाताओं को प्रणाम'
'जय जवान जय किसान'
'किसान नहीं, भगवान'
'धरती के लाल, भूख के काल'
'पालनहार की जय हो'
'किसान महान'

इन बैनरों की फोटो और लिखावट देखकर घुरहू काका थोड़े असमंजस में पड़ गए, ''लगत है कि उस दिन बचवा कुछ गलत सुन लिया था, मंत्री जी नाहीं, कौनो साधू-महात्मा आवत हैं।''

वो घड़ी आ गई जिसका सबको बेसब्री से इंतजार था। मंत्री जी पूरी तैयारियों के साथ गाँव में अपना स्वागत करवाने के लिए प्रवेश किए। फूलों की बरसात हो रही थी। हर सड़क पर फूल-ही-फूल। हर जगह गेंदे के फूल वाले माले। साथ में

बहुत सारे मीडिया के लोग, दूरबीन जैसा कैमरा लिए हुए। पूरा सरकारी महकमा मंत्री जी के काफ़िले में था। बैंक वाले, ब्लॉक वाले, पशु डॉक्टर। सरकारी अस्पताल वाले डॉक्टर साब भी कई महीनों बाद दिख रहे थे। बच्चों का पौष्टिक आहार अपनी भैसों को सानी में देने वाली आगनबाड़ी की मास्टराइन भी थीं, लेकिन एकदम पीछे। लग रहा था कि वो ज़बरन उस भीड़ में घुस रही थीं। उनको गाँव वालों को छोड़कर काफ़िले का कोई नहीं पहचान रहा था। थोड़ी देर बाद सारे लोग बैठ गए। मंत्री जी लोगों के एकदम पास बैठने की कोशिश कर रहे थे। साथ ही उनको कोरोना का डर भी था। वे डर को छुपाती एक नक़ली मुस्कान को पहने हुए थे। वे किसान-मसीहों से अधिकतम संभव नज़दीकी बनाए थे। रह-रहकर वो कैमरे की तरफ़ झाँक ले रहे थे। आदमी लोग कुर्सी पर बैठे और औरतें ज़मीन पर बिछी दरी पर। एक हाथ लम्बा घूँघट काढ़े। औपचारिकताओं के बाद सभा शुरू हुई। राष्ट्रीय समाचार क़्यू न्यूज़ पर सजीव प्रसारण :

"भारत के अन्नदाताओं के बीच में क्त न्यूज़ आ चुका है। मैं हूँ, आपकी आवाज़, रमीज़ 'किसान की बारिश' के साथ। जैसा कि आप यहाँ देख सकते हैं, किसान जमा हैं, सारे चेहरे खिले हुए लग रहे हैं। अब मंत्री जी रूबरू होंगे गाँव वालों से, और सुनेंगे उनके कुछ सवाल, जिसका आपको सीधा प्रसारण हम दिखा रहे हैं क्यू न्यूज़ पर।"

एक किसान, "सूखा राहत का पइसा देने के लिए सुक्रिया (शुक्रिया) साहेब!"

मंत्री जी मुस्कराते हुए अभिवादन स्वीकार किये। आभार का भार इतना दिए जैसे अपनी ज़ेब से पैसा भेज दिए हों।

न्यूज़ "तो यहाँ पर सरकार के कामों की तारीफ़ मिली, लोगों के चेहरों से बहुत अच्छे भाव छलक रहे हैं। अगर सवाल न भी पूछा जाए, तो भी जवाब यही रहेगा—सम्पन्नता।"

दूसरा सवाल, किसान की बीवी की तरफ़ से, "अब हमें घर में धुआँ नहीं लगता, धन्यवाद साहेब।"

न्यूज़, "धन्यवाद ही धन्यवाद, लोग सरकार के कामों से बहुत ख़ुश लग रहे हैं।"

तीसरा सवाल एक आदमी से आना था, लेकिन एक औरत खड़ी हो गई। वो औरत पिछला वाला सवाल पूछने वाली औरत के बग़ल में ही बैठी थी। अभी तक तो सब कुछ प्लान के मुताबिक़ चल रहा था। लेकिन अब ग्राम प्रधान जी कुर्सी छोड़कर उठ खड़े हुए। उनको डर था कि कोई महिला प्रधान जी के घोटालों की पोल न खोल दे। महिला ने घूँघट हटाया, साड़ी पहने घुरहू काका थे! (वे अपनी बेटी को सब कुछ बताकर चुपके से अपनी औरत की जगह सभा में आ गए थे। जानने भर में प्रधान जी उनको सभा में आने नहीं देते, इसीलिए वो साड़ी में घूँघट

काढ़े गए।)

उनको देखकर सारे लोग हक़्क़े-बक्के रह गए। मंत्री जी को समझ में नहीं आ रहा था कि वो नर खड़ा था या मादा थी? या कोई अन्य लिंग भी कोई था (थी)। कोई और कुछ समझता उससे पहले ही अपनी बग़ल वाली औरत की तरफ़ देखते हुए, साड़ी वाले घुरहू काका :

"का रे झगड़ुआ बो, ओह दिनवा हमरे घरवा चइलवा (सूखी लकड़ी) माँगे आई रही, फिर ओकर धुँअवाँ कौन सूँघथौ? तोर लकड़िया सुखाय गइल, उ धुआँ ना छोड़े ले? कि परधान सिलेंडरवा पहुँचा दिहलें (अरे झगड़ू की बीवी, उस दिन तो तुम मेरे घर सूखी लकड़ी माँगने आई थी, फिर उसका धुआँ कौन सूँघता है? तुम्हारी सूखी लकड़ी धुआँ नहीं छोड़ती है क्या? या फिर, ग्राम प्रधान ने तुम्हारे घर गैस सिलेंडर पहुँचा दिया)?"

ये सब पूरा देश देख रहा था। मंत्री जी भौचक्के थे। ये 'अन्य' लिंग वाला बूढ़ा क्या बक रहा था! सरकारी अधिकारियों की तरफ़ इशारा भी करना चाह रहे थे, लेकिन सबकी निगाहें उस बाग़ी 'अन्य' लिंग वाले पर गड़ी थीं।

घुरहू काका, सूखा राहत का आभार करने और पहला सवाल पूछने वाले किसान की ओर देखते हुए :

"करे सोमरुआ! तू दिनवें में पी ले ले हउवे? ओह दिनवा रोवत रहले कि 5000 में से 1000 हाउ साहब काट लेहने। पूरा बात काहें न बोलत हउवे? हौकान घोटाला साहब बइठल हौवें। (सोमारू, तुम दिन में ही शराब पी लिए हो? उस दिन कौन रो रहा था कि साहब ने 5000 में से 1000 काट लिए थे। वो रहे घोटाला साहब बैठे हुए।"

घोटाला लेखपाल साहब अपनी नज़रें चुराने लगे। ऐसा लग रहा था कि उनको कोई सम्बोधित ही नहीं कर रहा था। वे अपनी गेंदे के फूल वाली माला को ज़ोर से पकड़ लिए। फूलों की पंखुड़ियों को एक-एक करके नोंचने लगे। पूरे सरकारी महकमे में हड़कंप मच गया। अब किसका नंबर आने वाला है? सबके चेहरे पीले पड़े हुए थे। किसी को बाँधा नहीं गया था, लेकिन सब सीधे प्रसारण वाले कैमरे में क़ैद थे। पूरा देश देख रहा था। बीच में इस बंधन को छोड़कर भाग भी नहीं सकते थे। गाँव के कुछ लोग दौड़कर घुरहू चाचा के पास गए, उनको रोकने के लिए। मंत्री जी ने काका को अपने पास बुलवाया, और बग़ल में बैठाया। काका मंत्री जी के पिता की उम्र के थे। वो घुरहू काका का पैर छूए। ये सब क़ैमरे का दबाव था। वो बस घुरहू काका को 'किसान की बारिश' का गोबर करने से रोकने की तरक़ीब थी। मंत्री जी, मुस्कराते हुए, "बोलिए काका, आपकी इस विचित्र वेशभूषा का कारण क्या है?"

(जब किसी अधिकारी को देखते थे, तो काका जी थोड़ी हिन्दी बोलने का प्रयास करते थे, लेकिन वो मिलावटी भोजपुरी होती थी।)

''मंत्री जी, उ सब आप छोड़ीं, बहुत बड़ क़िस्सा हउवे। ई जेतना लोग आपके संगे बैइठे हैं न, बहुते तंग कर दिए हैं।''

मंत्री जी, ''क्या बात है काका ख़ुल के बोलिए, हिचकिचाइए नहीं।''

घुरहू काका, ''सूखा वाले साब, हाउ जो बैठे हैं न, हमरा खूनवा चूस लेते हैं। दो साल से सूखा क पैसवा नहीं पास कर रहे हैं। (सूखा वाले साहब, वो जो बैठे हैं न, हमरा ख़ून चूस लेते हैं। दो साल से सूखा का पैसा नहीं पास कर रहे हैं।)''

मंत्री जी, ''आपका काम हो जाएगा। अब आप ख़ुश हो जाइए।''

घुरहू काका, दोनों हाथों को जोड़कर, ''साहेब, कमवा कैसे हो जाई। पिछले तीन बरिस से हम अपनी नतिनी क बिआह तय करथैं, ई बरसात के भरोसे। (पिछले तीन सालों से मैं अपनी पोती की शादी तय कर रहा हूँ, इस बारिश के भरोसे) लेकिन बहुते मज़ाक हो रहा है हमरे साथ। दुइ साल पहले सूखा फसल को लील गया, और सादी टूट गइल (दो साल पहले फसल को सूखा खा गया और शादी टूट गई)। दूसर बिआह हेरे (दूसरी शादी खोजे)। एके भरोसा था— फसल का (एक ही भरोसा था, फसल का)। पर साल एतना पानी बरसा कि बाढ़ से फसल ख़राब हो गइल (पिछले साल इतनी बारिश हुई कि बाढ़ से फसल ही ख़राब हो गई)। फिर सादी टूट गइल (फिर शादी टूट गई)। अब त हम पहिले फसल उगाइब फिर सादी खोजब (अब मैं पहले फसल उगाऊँगा फिर शादी खोजूँगा।)

बोलते-बोलते काका भोकरकर (फूट-फूटकर) रोने लगे। प्रधान जी काका के पीछे आ गए। प्रधान जी ने मंत्री जी को बाक़ी का क़िस्सा सुनाया :

''मंत्री जी, इनका बेटा पिछली साल फसल के डूब जाने से आत्महत्या कर लिया था। दो साल पहले सूखे ने उसकी बेटी की शादी तोड़वा दी। पटिदारी, रिश्तेदारी, सब जगह बहुत थू-थू हो गई। फसल उगाने के लिए साहूकारों से सूद लिए थे। दो सालों में ब्याज बहुत हो गया था। साहूकार उसके कलेजे पर मूँग दल रहे थे। रोज़ वसूली करने के लिए आखुर खाँचे रहते थे (रोज़ पैसे वापस लेने के लिए द्वार पर जाते थे।) वो और बदनामी नहीं झेलना चाहता था। उसने फिर दूसरे जगह शादी खोजी, बहुत तैयारियाँ कीं। बारिश भी अच्छी हो रही थी। वो बड़ा हरा-भरा हो गया था। लेकिन इतनी बारिश हुई कि बाढ़ आ गई, और फसल डूब गई। फसल डूबने से उसका हौसला टूट गया। बाढ़ ने उसकी ज़िन्दगी तबाह कर दी। वो खेत में फाँसी लगा लिया।''

मंत्री जी, ये सब सुनकर बहुत दुखी हो गए, सांत्वना दिए। उठकर काका को गले लगाए, और प्रधान जी से बोले :

''देखिए भाई, अपनी जान लेना कहाँ का समाधान है? बैंक से लोन ले लेता वो। मैं इस आत्महत्या का एकदम समर्थन नहीं करता।''

''मंत्री जी, वो मरने से पहले एक चिट्ठी छोड़ गया था। मैं सब कुछ तो यहाँ बता नहीं सकता, लेकिन आपने बैंक का नाम लिया है, तो बोलना पड़ेगा ही। बाढ़ देखते ही वो नहीं मर गया था। वो बेटी की शादी बचाने के लिए बैंक भी गया था। बैंक ने उससे बहुत चक्कर कटवाए। और फिर मना कर दिया।''

क्त न्यूज़ वाले रमीज़ जी की कमीज़ मानसून में गीली हो गई। बारिश से नहीं, असलियत के ग़म से।

''अब बात निकलेगी तो देश तलक जाएगी। थोड़ी देर पहले जिस मसीहे किसान को आप देख रहे थे, वो एकदम बनावटी था। पीछे देखिए, वो मंत्री जी के पास असली किसान बैठा है। वो बहुत तंग है। माथे पे पसीना है। कभी आसमान से उसको आग बरसती, तो कभी बाढ़। बहुत क़िस्मत से अगर कुछ पैदा हो भी गया, तो पैदावार लावारिस हो जाती है। उसको कोई नहीं पूछता। सड़ती जाती है। लेकिन किसान को वही फसल ख़ुद के लिए ऑफ सीजन में कई गुना दामों में ख़रीदनी पड़ती है। अब वो अपनी पैदाइश को अपने पास रखकर सड़ते हुआ तो नहीं देख सकता। उसको क्रीम-पाउडर पोत कर अन्नदाता, मसीहा बोलकर बहकाया जाता है। घुरहू काका को देखिए। वो किसान का असली रूप हैं, एकदम नंगे।''

अब मंत्री जी की बारी, ''हमें बहुत ही ख़ेद है। हमें आप आने वाले चुनावों में जिताइए। वादा है, सब ठीक कर देंगे।''

नोट : इस कहानी में वास्तविक परिस्थितियों को दर्शाने के लिए लिखना पड़ा है, लेकिन व्यक्तिगत तौर पर मैं 'आत्महत्या' को सही नहीं मानता हूँ, चाहे कितनी ही विषम परिस्थितियाँ क्यों न हों। जान है, तो जहान है।

सावन की समीर-लीला

"लीला, शादी का पहला सावन है, कॉलेज तो आते-जाते रहेंगे। क्या हम लोग कुछ दिन साथ नहीं रह सकते?"

"समीर, बस इस बार वाला शोध बहुत ही ज़रूरी है, अगर छोड़ दूँगी तो प्रोफ़ेसर बता रहे थे, बहुत घाटा हो जाएगा।"

"हर शोध को तुम पिछले वाले से ज़्यादा ज़रूरी बोलती हो। हर चीज़ में फ़ायदा क्यों देखती हो मेरी जान, मुझसे प्यार करना भी एक सौदा ही है क्या?"

समीर और लीला की शादी को अभी एक महीना भी नहीं हुआ था। आने वाले सावन की उमंग से समीर बहुत उत्साहित थे। द्वार के नीम के पेड़ पर झूला डालने के लिए पटरे और रस्सी की व्यवस्था कर लिए थे। नाग पंचमी पर अपने बहुत सारे दोस्तों को भी निमंत्रित किए थे। हरी साड़ी, हरी चूड़ी... सब लीला के सपने थे, अपने पहले सावन को लेकर।

समीर ने उन सब की व्यवस्था शादी के पहले ही कर दी थी। वो हर पल उस पपीहे की तरह बिताना चाहते थे, जो स्वाति नक्षत्र की पहली बूँद के लिए तड़पता रहता है। समीर के लिए हर नया पल उस स्वाति नक्षत्र जैसा था। वो हर पल लीला

के साथ बिताकर लीला के सपनों को सजाना चाहता था। जीवन में यादों की अनंत मणियों को सहेजना उसका संकल्प था। दोनों दसों साल से एक-दूसरे को जानते थे, गाढ़े प्यार में थे। हर सावन में वो दोनों अपने-अपने घरवालों के चोरी-छिपे ज़रूर मिलते थे। शादी के बाद आने वाले एक साल का हर दिन एक नई शुरूआत जैसा होता है, क्योंकि रिश्तों में एक नया रिश्ता जुड़ गया रहता है। हर साँस में एक और साँस का वास हो जाता है। हर त्यौहार साथ में मनाने की मन्नत होती है, एक नई ऊर्जा के साथ।

समीर के लाख मनाने के बाद भी लीला नहीं मानती है।

समीर, ''लीला, कितने दिनों की क्लास रहेगी?''

लीला, ''पी-एच.डी.करते समय शोध के शुरू का तो पता रहता है, लेकिन अंत तो प्रोफ़ेसर के आशीर्वाद से ही होता है। लैब में मनचाहा रिज़ल्ट नहीं मिलने पर उसको बार-बार नए सिरे से करना पड़ता है।''

लीला, समीर को कसकर पकड़ते हुए, ''इस बार की शोध को जल्द पूरा करने का प्रयास करूँगी। अब मुँह मत लटकाओ।''

लीला को मना पाना मुश्किल था। पहले भी वो कभी नहीं मानी थी। समीर तो मज़ाक़-मज़ाक़ में कह भी देते थे, ''लगता है कोई और है, जिससे तुम मिलने जाती हो, मुझसे अधिक प्यारा है, वो।''

सावन शुरू होने से पहले ही लीला अपनी यूनिवर्सिटी को निकल गई। प्लैटफ़ॉर्म पर खड़ी रेल के डिब्बे समीर को दुश्मन के टैंक जैसे लग रहे थे। वो मना रहे थे—काश ट्रेन आज नहीं चलती। उदास मन से चातक समीर अपने मानसून को अकाल की रेल में दिल्ली के लिए रवाना कर दिए।

लीला दिल्ली पहुँच गई, और अपनी यूनिवर्सिटी के 'प्रोफ़ेसर' माथुर को रिपोर्ट की।

(प्रोफ़ेसर साब नक़ली के थे, असल में वो आई.बी. के चीफ़ थे, देश की आंतरिक सुरक्षा के मूक रक्षक।

''Okay agent Kali, good to see you back. (अच्छा एजेंट काली, अच्छा हुआ आप आ गईं।)

(लीला इंटेलिजेन्स में 'काली' कोड नाम से देश की सेवा करती थी।)

काली, ''Sir, Nation first then comes the rest.'' (महोदय, पहले देश, बाक़ी सब बाद में।)

चीफ़, ''पहले तो शादी की बधाई, माफ़ करना, मैं नहीं आ सका, लेकिन एक बैंड पार्टी गई थी। उम्मीद करता हूँ कि सब अच्छा बजाए होंगे।''

काली, ''सर, आप सीधे-सीधे उनको भेज देते, उनको बैंड वाला क्यों

बनाए? मेरी शादी ही तो थी, कोई ख़ुफ़िया मिशन तो नहीं।''

''एजेंट का व्यक्तिगत कोई जीवन नहीं होता, केवल देश ही उसका जीवन है। सबकी पहचान छुपाना ज़रूरी था।'' आई.बी. चीफ़, माथुर।

काली, ''अच्छा सर, कहाँ तूफ़ान आया है?''

'' हमें ख़बर है कि अगले साल होने वाले महाकुम्भ में कुछ पापी रासायनिक हथियारों का इस्तेमाल करने वाले हैं। करोड़ों लोगों की गंगा माँ में श्रद्धा का सवाल है। गंगा अमृत हैं, इसमें किसी साँप को ज़हर उड़ेलने से बचाना है। और इस बार इज़राइल के प्रधानमंत्री भी डुबकी लगाने वाले हैं।'' चीफ़।

''It will be a huge threat to the millions of people, we must stop them.'' (ये तो लाखों लोगों को बहुत बड़ा ख़तरा है, हमें उनको रोकना ही होगा।)

''काली, तुम अपनी टीम तय कर लो, हमारे पास समय अधिक नहीं है। और मिशन जल्दी से पूरा कर लोगी तो तुम्हारे लिए एक सरप्राइज़ रहेगा। the faster you finish, the better the surprise. (जितना जल्दी मिशन पूरा करोगी, उपहार उतना ही अधिक अच्छा रहेगा।'' चीफ़ का काली के दिमाग़ को बिजली जैसा दौड़ाने का यह एक तरीक़ा था।

सावन के महीने में तो लोग डाल पर बैठे दो पंछियों को भी नहीं छेड़ते, फिर किसी ज़हरीले सर्प ने सावन को व्याकुलता से जोह रहे नाग-नागिन के आलिंगन को रोका था। नाग नहीं था, तो क्या हुआ। इस सर्प को तो नागिन अकेले ही देख सकती थी। काली काली बन गई। दानवों के मुंडमर्दन की तैयारी में जुट गई। उसकी टीम एक हफ़्ते में रॉ और मोसाद (इज़राइल की ख़ुफ़िया सुरक्षा एजेन्सी) की मदद से नापाक़ मनसूबों वालों को पकड़वा देती है।

काली, चीफ़ से, ''बोलिए सर, क्या है इस बार?''

चीफ़, ''इतनी जल्दी भी क्या है? अब तुम अपने असली कॉलेज जाओ, वहाँ पर तुम्हें तुम्हारा अगला मिशन मिलेगा। पुरानी दिल्ली वाला रेहाना कैफ़े, शाम को आठ बजे, टेबल नम्बर सात।''

काली थोड़ी झल्ला-सी गई। शाम को घर से निकलते समय रिमझिम बारिश उसको समीर की याद दिला रही थी। समीर लीला के लिए मोर था, सुंदर, अनंत रंगों वाला। मोर सावन में अपनी मोरनी को मोहने के लिए सुंदर नृत्य करता है। उसके फैले हुए पंख मोरनी को अपनी बाँहों में भरने को आतुर रहते, मगर मोरनी थोड़े भाव खाती, मोर को थोड़ी और रिझाती। लगातार थिरकने से थकते मयूर को देख मयूरिनी उसके बाहों में समाकर स्वयं के अस्तित्व को भूल जाती। लेकिन इन सब ख़यालों के बीच काली रेहाना कैफ़े समय से दस मिनट पहले ही पहुँच गई।

टेबल पर एक पेपर कार्ड रखा था—'सावन के लिए सुरक्षित'। अब उसे समझ में नहीं आ रहा था। 'सावन' पढ़कर कुछ पल के लिए उसको बेचारे समीर की याद आ गई। उसको बुरा भी लगा, "चीफ़ खुद तो शादी किये नहीं, देश के लिए...तो दूसरों की भावनाओं को क्या समझेंगे? सावन महीने में मिशन का कोड 'सावन' रखना ज़रूरी था क्या? कटे पर नमक छिड़क रहे हैं, अनजाने में ही सही।"

थोड़ी देर में पीछे से एक आदमी आकर काली को कसकर पकड़ लिया। काली के होश उड़ गए, उसने सोचा,

'ये कैसा मिशन है!' यहाँ पर तो सीसीटीवी कैमरे भी हैं, कमांडो-कला भी नहीं चल सकती।"

तभी अगले पल, समीर काली के सामने था। उसको एकदम समझ में नहीं आ रहा था। दिमाग़ में देश सेवा थी, लेकिन सावन सामने प्रकट। प्रेम चुने, कि देश प्रेम? एजेंट की ज़िन्दगी दोहरी नहीं अनंत व्यक्तित्वों वाली होती है। कभी वो डॉक्टर होते, कभी मरीज़। कहीं वो मज़दूर होते, तो कहीं आतंकवादियों के सीधे निशाने पर। मिशन में सफ़ल रहे तो गुमनाम, लेकिन अगर पकड़े गए तो अनाथ और लावारिस। समीर के लिए वो कॉलेज़ की शोधार्थी थी, तो एजेंट काली को अगले ही पल समीर की लीला बनना पड़ा। समीर के मिलने से उसका सावन में प्यासा हृदय एकदम प्रेम के जलाशय से सराबोर हो उठा। उसको पहले सावन में समीर को देख पाना एकदम सपने के सच होने जैसा था।

वो साथ में खाना खाते हैं, और तभी बाथरूम जाने के बहाने लीला ने अपने चीफ़ को फोन लगाया।

चीफ़, "Hi Kali, Hope you liked your next mission. It's 'शादी का पहला सावन' समीर के साथ।"

"सर, आतंकवादियों से खेलते-खेलते अब आप प्यार के भी खिलाड़ी हो गए हैं, कैसे किए ये सब? ...मतलब कि आप अपने एजेंट की भी जासूसी करवाते हैं? माफ़ करिएगा, मेरे अतिव्यक्तिगत मामलों में दख़ल है ये।"

"डियर काली, एजेंट का अपना कुछ नहीं होता, उसका बस देश होता है। इसलिए हम अपने एजेंट की सुरक्षा दिन-रात करते रहते हैं।"

"तुम्हारे मिशन में पुलवामा से सैटलाइट फोन पे कौन था?"

"मक़सूद?"

"मक़सूद की भी फ़िलहाल में शादी हुई थी, वो भी शादी का पहला सावन मनाने की तैयारी में था। बेचारे की बीवी बहुत पढ़ाकू है। किताबों में डूबने चली गई। मक़सूद को मैंने इस मिशन में तुम्हारी मदद के लिए चुना। तुम दोनों का दर्द एक था, इसलिए मुझे लगा की एक दर्द वाले देश के ख़िलाफ़ किसी भी ज़हर की

काट बनेंगे। दिलज़लों का संगम किसी भी संगम को बचा ले। किसी भी नाग को जला दे।''

''सर, ये मक़सूद की शादी से मुझे क्या लेना देना है?''

चीफ़, ''मक़सूद ही समीर है। You both are gorilla warriors. (तुम दोनों गोरिल्ला योद्धा हो।) तुम्हारी तरह वो भी तुमसे मिलने के लिए छटपटा रहा था। मैंने दोनों के अंदर इस उदासी को पढ़ लिया था। तुमको तो मैंने बता दिया कि मक़सूद समीर है, लेकिन उसको 'काली ही लीला है' ये बात नहीं पता है। Between relation and Nation, choose Nation. Relation should never hinder us to discharge our duties towards India. (और तुमको तो हमारे तौर-तरीक़े पते ही हैं। देश और रिश्ते में देश चुनो। कोई भी रिश्ता भारत के प्रति हमारे कर्तव्यों के कभी आड़े नहीं आना चाहिए।) मुझे लगा कि जो देश की सेवा करते हैं, मैं भी उनकी थोड़ी सेवा कर लूँ।''

चीफ़, लगातार, ''अब मेरे जैसे नीरस आदमी से बात करके अपना सावन बर्बाद मत करो। क्या पता, अगला शोध कब करना पड़ जाए? अब बचे हुए हर पल पर सावन-सावन लिख दो। इसे मेरी तरफ़ से शादी का उपहार समझना। मेरे बैंड में न आ पाने का मुआवज़ा।''

लीला और समीर अगले दिन ट्रेन पकड़कर गाँव पहुँचे। सावन के बचे पलों को समीर-लीला ने जी लिया।

कुछ दिन बाद फोन पर काली, चीफ़ से, ''सर, मिशन 'सावन समीर के साथ' सफ़ल। धन्यवाद सर। See you soon. (जल्द मिलते हैं।)

अधूरी चाह

जेठ, आषाढ़ में तपे मनुष्य का नीरस मन आसमान में बादलों के दर्शन मात्र से ही झूम उठता है। हर मन में मानसून की मन्नत होती है। खेतों की दरारों और पेड़ों के पत्तों को बूँदों की तड़प रहती है। उन बूँदों की प्यास में तड़पता चातक, भरे तालाब को भी देखकर मुँह फेर लेता है। सबकी मनोकामनाओं को मानसून की पहली बरसात सपने के पूरे होने जैसा होता है। ये सब तो तब की बातें हैं, जब मन में सम्पन्नता हो, और घर-परिवार में सभी लोग स्वस्थ हों। स्थितियाँ अगर विपरीत हों, तो सावन की बारिश भी अंतर्मन के सूखे को भिगा नहीं सकती। ऐसे में सावन काटने को दौड़ता है। बारिश चिढ़ाती है। बिजली कानों को त्रास देती है। बादल कभी न छटने वाले लगते हैं। बस उस समय की प्रतीक्षा रहती है, जब बरसात केवल पानी की बूँदें मात्र न लगे, जीवन की तमन्ना बन जाए, जीने का एक बहाना बन जाए।

दो दिनों से लगातार बारिश हो रही थी। क़रीब नौ बजे रात का समय था। खाट पर बैठे रामदीन के हाथों में एक स्टील की थाली थी, एकदम खाली। रामदीन अपना मन मारकर बैठे थे। उनको माँ की बहुत याद आ रही थी। माँ के रहते ऐसे मौसम में तो चाय-पकौड़ी अपने-आप ही खाट पर मिल जाया करती थी। यमदूतों का कोई भरोसा नहीं था। उनसे रहा भी नहीं जा रहा था। उनकी पत्नी, पार्वती, ख़ाली थाली देखकर उनका इशारा तो समझ रहीं थीं, लेकिन घर के साधन उनका साथ नहीं दे रहे थे। उस

दिन रामदीन के अंदर का बच्चा उनके सयानेपन पर हावी होता जा रहा था। घड़ी की सुई के कितने चक्कर और देखेंगे, रामदीन को पता नहीं था, फिर उम्र का क्या लिहाज़ करना। उम्र ने उनसे जीने का अधिकार जो छीन लिया था। अब-तब वाली घड़ी थी। फेफड़े का कर्क रोग अपने अंतिम पड़ाव पर था। जब कुछ खोने के लिए न हो तो किस बात का डर? उन्होंने उम्र के सारी बंधनों को तोड़ दिया और एक बच्चे की तरह अपनी पत्नी से बोला, मगर थोड़ा झिझकते हुए, "आज थोड़ी चाय-पकौड़ी मिल जाती तो..."

पार्वती, थोड़ी खिसियाकर, मानिये वो समय को काटने दौड़ी हों, "कहाँ से मिल जाएगी? पानी में छानकर दे दें? तेल नहीं है। मुँह खोलने से पहले थोड़ा सोचा भी करिए।"

रामदीन का मुँह लटक गया। अपने पति का उदास मन देखकर पार्वती बोलीं, "अच्छा... काकी के घर से तेल माँग के लाती हूँ।"

काकी उसी गाँव से थीं, लेकिन रामदीन के घर से थोड़ी दूरी पर घर था। पक्की सड़क से चलकर लगभग बीस मिनट लगते।

रामदीन, "नहीं... नहीं... रहने दो। मैंने तो ऐसे ही मज़ाक में बोल दिया था। तुमने तो बड़ी गंभीरता से ले लिया।"

"अरे ख़ैरात में माँगने नहीं जा रही हूँ, बरसात का मौसम बीत जाएगा तो सरसो पेरवाकर वापस कर दूँगी।"

रामदीन, "आज रोज़ से तेज़ बरसात है, छाता भी नहीं है। रहने दो। बिजली भी कड़क रही है। ख़तरा लग रहा है। जानवर सारे अपने उफान पर होंगे।"

"मरणशैया पर आप पड़े हैं और ख़तरा मेरी जान को मढ़ रहे हैं। कर्क रोग बीड़ी से हुआ है, दिमाग़ को भी लगता है कि धुएँ में उड़ा दिए हैं।"

इतना कहते हुए पार्वती ने घर में रखा जूट का बोरा सिर पर ओढ़ा और घर से बाहर निकल गई।

रामदीन पूरे ज़ोर से, "बरसात में सीधे रास्ते जाना।"

अमावस की काली रात में काले नाग जैसे बादल। बादलों का गर्जन मंदिर में बजने वाले नगाड़े से भी भयंकर। मूसलाधार, झमाझम बारिश। इतनी बारिश कि पेड़ों के पत्तों पर गिर रहे पानी की ध्वनि ऐसी थी, मानो कोई पटर-पटर पत्तों को लगातार पीट रहा हो। लेकिन पार्वती जब भी पेड़ों के नीचे आती, बारिश की बूँदों से शरीर पर लगने वाली चोट थोड़ी कम होती। पेड़ों की पत्तियाँ और डालियाँ पार्वती की ढाल जैसा काम कर रही थीं। काली, अँधेरी रात में बिजली का कड़कना एकदम दिल को दहला देता। ऐसा लगता कि हृदय कम्पित हो गया है। ऐसा कम्पन जो हृदय को यथास्थिति में न लौटने दे; हृदय फट जाय। हाथ सिकोड़ के चलना पार्वती के स्वभाव में था। वही बिजली काली रात के अँधेरे को काटने का भी काम कर रही थी। बिजली का प्रकाश

रास्ते को काम भर उजाला दे जाता। उसी प्रकाश के सहारे पार्वती थोड़ी बहुत सजगता बरतते हुए चलती जा रही थीं। वो काकी के घर जल्दी पहुँचने और बारिश की कंकड़ों जैसी मार से बचने के लिए साफ़-सुथरा पक्का रास्ता नहीं चुनीं। बिजली अगर गिरे तो भी पेड़ ढाल बनेंगे, ऐसी कामना के साथ वो झाड़ी और बगीचे वाले तिरछे रास्ते से गईं। जल्दी थी, क्योंकि पति की साँसों का भरोसा नहीं था। पार्वती का सतीत्व दाँव पर था।

रात में काकी की घर की किवाड़ के पीटे जाने पर काकी एकदम सहम गईं, "इतनी रात में कौन आ गया?" दरवाज़ा खोलने पर उन्होंने रामदीन की बीवी को पाया, उनका कलेजा और तेज़ी से धड़कने लगा,

"अरे परबतिया, रामदीन तो ठीक है न?"

पार्वती, हाँफते हुए, "हाँ काकी जी, आज पकौड़ी खाने का मन चढ़ा है। उनकी माँ ने जीभ बिगाड़ रखी है।"

"अच्छा काकी जी, थोड़ा कड़ू का तेल है? दे दो, रात में नशा चढ़ा है चाय-पकौड़ी का। इसीलिए भागी-भागी आई। क्या पता, अंतिम बारिश हो।"

"आज हमारे घर भी संजोग (संयोग) से पकौड़ी बनी थी। बेटवा के लिए भी बनाए थे, लेकिन इंद्र देव ने उसको बनारस में ही घेर लिया है। इतना आँधी-तूफ़ान में गंगा का घाट बंद हो जाएगा न, इसीलिए अपने दोस्त के यहाँ रुक गया है। ऐसे में नाव कहाँ चल पाएगी? बेचारा आज पकौड़ी के लिए ललचता रह गया। बुरा न मानो तो दे दूँ? थोड़ी कठुआ गई है।"

पार्वती, थोड़ा संकोच करते हुए, "अरे काकी, लाओ मरने वाले को पकौड़ी मिल जाए, वही बहुत है। गरम-सरद कौन देखता है?"

वो स्टील के टिफ़िन में पकौड़ी लेकर जल्दी से भागे-भागे घर को वापस चलीं।

काकी घर के अंदर से, "ये छाता ले लो और बगीचे से मत जाना।" काकी ने चौखट के बाहर निकलकर थोड़ा झाँका, लेकिन इतने में पार्वती वहाँ से जा चुकी थी।

वापस आने का वही रास्ता चुनी—छोटा, झाड़ वाला। बगीचे में पानी भरा था। घुटने भर पानी को पार करते हुए घर पहुँचने की धुन में थीं। उनके पैर में कुछ चुभा, चीरने जैसा। उनको लगा कि किसी पत्थर से टकरा गई होंगी। घर पहुँचते-पहुँचते उनको चक्कर आने लगे। हाँफते हुए उन्होंने टिफ़िन खोला और अपने पति के सामने किया, और बेसुध होते हुए, "काकी ने तुम्हारे लिए दिया है, तृप्ति पा लो।"

रामदीन ने कोई हरक़त नहीं की। वो शब्द पार्वती के अंतिम थे। उनको रास्ते में पत्थर का चीरा नहीं लगा था, सर्प दंश था। अनहोनी उस रात प्रबल थी। उस रात ने मुक्ति दे दी थी। एक बीमारी से आज़ाद था और दूसरा ग़रीबी से। रामदीन की पकौड़ी की चाह पूरी नहीं हो पाई। पार्वती को नाग ने सती बना दिया।

विजयी भारत की टीम

एल.जी. टेक्निकल विश्वविद्यालय, वाराणसी। प्रथम वर्ष के छात्रों के हॉस्टल में एक नोटिस बोर्ड था। उस पर एक नोटिस लगी थी :

''सूचना

दिनांक : 1 जून, 2020

आदरणीय छात्रगण,

विषय : मानसून फुटबॉल प्रतियोगिता के संदर्भ में

एल.जी. विश्वविद्यालय में आपका हार्दिक स्वागत है। इस विश्वविद्यालय में आपको आए 3 महीने होने को हैं। हम आशा करते हैं कि आप इस नए परिवेश में

अपने आपको अच्छे से ढाल पा रहे होंगे।

मानसून आने वाला है, और हम चाहते हैं कि आप अपने कॉलेज हॉस्टल का पहला मानसून जीवन भर याद रखें। हम इसको यादगार बनाने के लिए हर साल बारिश में एक फ़ुटबॉल प्रतियोगिता आयोजित करते हैं। पिछली बार आपने कब बारिश के मौसम में फुटबॉल खेली थी? बस, हम आपको वही मौक़ा देने जा रहे हैं। जैसा कि आप जानते हैं, इस विश्वविद्यालय की फ़ुटबॉल टीम भारत में प्रतिवर्ष होने वाली अंतर विश्वविद्यालय फुटबॉल प्रतियोगिता की दशकों से विजेता रही है। यहाँ की रीति है कि प्रतिवर्ष राष्ट्रीय विजेता टीम नए छात्रों की सर्वश्रेष्ठ टीम के साथ एक स्वागत मैच खेलती है। नए हॉस्टल के छात्र नई टीमें बनाते हैं। इससे छात्रों में आपसी मेल-जोल और जान-पहचान बढ़ती है। टीम के चयन के नियम निम्न हैं :

1. सारी सम्भावित टीमों के खिलाड़ियों के नाम हॉस्टल प्रशासन को 20 जून 2020 से पहले देने होंगे।
2. इस हॉस्टल की सर्वश्रेष्ठ एक टीम ही भारत की विजयी टीम के साथ खेलेगी।
3. अगर हॉस्टल से एक से अधिक टीमों के नामांकन आते हैं, तो उन टीमों की संख्या के आधार पर पहले आपस में मैच होंगे, और फिर विजेता टीम चुनी जाएगी।
4. नामांकन में प्रत्येक टीम से 11+2 खिलाड़ियों के नाम होने चाहिए।
5. इससे जुड़े कोई भी सवाल आप हॉस्टल वॉर्डन महोदय से पूछ सकते हैं।

तो नोटिस ही पढ़ते मत रहिए, एक मज़बूत टीम बनाइए, और बूट कसिए। कमर कसकर झमाझम बारिश में भारत की सर्वश्रेष्ठ टीम से भिड़ने के लिए हो जाइए तैयार!

—हॉस्टल प्रशासन''

नोटिस पढ़कर हॉस्टल के बहुत सारे छात्र उत्साहित हो उठे। जैसे मन में एक बंद गुब्बारा फूट पड़ा हो, बारिश में फुटबॉल खेलने का। प्रतियोगी परीक्षाएँ इस क़दर गला-काट हो चली हैं कि जीवन के महत्त्वपूर्ण पहलुओं को छीनती जा रही हैं। पढ़ाई का एक ही मकसद रह गया है-प्रतियोगी परीक्षाओं को पास करना। इन परीक्षाओं ने तो जैसे पढ़ाई का जीवन ही छीन लिया हो। विद्यालय का जीवन छीन लिया हो। छात्र अब विद्यालय नहीं जाते, बल्कि कोचिंग जाते हैं। वहीं अब उनका नया विद्यालय है, जो उनको परीक्षा में पास होने के शोर्ट्कट्स तो सिखा देते हैं, लेकिन जीवन जीने की कला नहीं सिखा पाते। वो कला तो विद्यालय में ही सीखी जा सकती है। हर विद्यालय के वातावरण की अपनी एक ऊर्जा होती है, जो किसी को त्याग सिखाती, तो किसी को दया। कहीं शौर्य के रंग भरे जाते, तो कहीं तप के।

कोई विद्यालय दान सिखाता, तो कोई देश पर बलिदान। कहीं पर वसुधैव कुटुम्बकम् की ऊर्जा बहती, तो कुछ चंद जगहों पर अलग रहने के नए-नए बहाने बोये जाते। विद्यालय अपनी-अपनी ऊर्जाओं को छात्रों में संचारित करके छात्रों का चरित्र निर्माण करते हैं। सब लोगों ने अपनी 3 महीनों की जान-पहचान के आधार पर टीमें बनाईं, और नामांकन देकर स्पाइक वाला बूट कसा। कुल पाँच टीमों के नामांकन हॉस्टल प्रशासन को मिले। सब टीमों की तैयारियाँ अपने उफान पर थीं। सबके खिलाड़ी चुन लिये गए। बारिश में मैदान गीला रहेगा, तो फिसलने से बचने के लिए भी उपाय किये गए। सब लोग पाँचों टीमों के आपसी मैचों की समयसारिणी की प्रतीक्षा में प्रतिदिन नोटिस बोर्ड निहार रहे थे।

21 जून, 2020 को फिर एक नोटिस उसी नोटिस बोर्ड पर मिलती है।

सूचना

दिनांक : 21 जून, 2020

आदरणीय छात्रगण,

विषय : प्रथम वर्ष हॉस्टल की सर्वश्रेठ टीम बनाम भारत विजयी टीम के सन्दर्भ में,

हमें आपको सूचित करते ख़ुशी हो रही है कि हमारे इस हॉस्टल से पाँच टीमों के नामांकन हमारे पास आए। यह शुभ संकेत है कि हम अपना राष्ट्रीय स्तर पर ख़िताब आगे भी बचा सकेंगे। नामंकन में आई पाँच टीमों में से एक टीम ही इस विश्वविद्यालय की परम्पराओं पर खरी उतर पाई है। उस टीम को भारत स्तर की विजेता टीम ने वॉकओवर (विजयी घोषित कर देना) दे दिया है। वो टीम भारत की नई विजयी टीम बन गई है। हम उस टीम की घोषणा, और उसका सम्मान समारोह आने वाली नागपंचमी, 25 जुलाई, 2020 को करेंगे। कृपया सभागार में सभी लोग सुबह 9 बजे उपस्थित रहें।

—हॉस्टल प्रशासन।

किसी को कुछ समझ में नहीं आया। बिना आपसी मैच खेले ही एक टीम कैसे चुन ली गई? फिर उसको वॉकओवर क्यों दे दिया गया? 'ज़रूर उस टीम में कोई नामी-गिरामी होगा' वाले प्रकार के आकलनों की बाढ़ आ गई।

25 जुलाई, 2020, नागपंचमी का दिन, सभागार में पूरा विश्वविद्यालय जमा हुआ। ऐसा पहली बार हुआ था, जब बिना बरसात में मैच खेले ही विजेता टीम घोषित की जा रही थी। वो भी भारत की विजयी टीम से! कारण क्या था—ये जानने के लिए सबकी उत्सुकता का पारा चटकने वाला था।

विश्वविद्यालय के माननीय कुलपति महोदय का उद्‌बोधन, एक पावर पॉइंट

प्रेजेंटेशन के माध्यम से शुरू हुआ,

"आप सभी लोगों का स्वागत है। हॉस्टल के पहले साल को यादगार बनाने के लिए हम यह प्रतियोगिता करवाते हैं, ताकि लोग एक-दूसरे को जानें। सारे खिलाड़ी मैदान में हो रही बारिश में खेलते हैं। दर्शक इनको भीगते हुए देखते हैं। सबके मन ख़ुशी से नम हो जाते हैं। कोई भी पानी में सराबोर होने पर यह नहीं पूछता कि कौन-कौन इस पानी को छुआ है। गीली मिट्टी इधर-उधर जब लग जाती है, तो कोई सवाल नहीं करता कि मिट्टी किस रंग की है। बारिश में चल रहे मैच में लोग अपने-आप को बहा देते हैं। दीवारों को पिघला देते हैं। उनके दिमाग़ में बस एक बात आती है—एक आदमी दूसरे के साथ खेल रहा है। दिमाग़ में बैठे सारे कचरे हर साल इस मैच के साथ बह जाते हैं। यह कोई प्रतिस्पर्धा नहीं है, उसका तो माहौल हर समय रहेगा यहाँ पर। यह मैच लोगों को क्रोसलिंक (जोड़ने) का एक प्रयास है। मैं आपको पहले उन पाँच टीमों के नाम बारी-बारी से दिखाता हूँ, जिनके नामांकन हमें मिले थे। मैं हर स्लाइड (पेज) आपको दिखाऊँगा और एक मिनट का समय दूँगा। आप इन टीमों के खिलाड़ियों के नामों को पढ़िएगा। इतना कठिन इम्तेहान पास करके आए हैं, उम्मीद है कि एक मिनट पर्याप्त रहेगा। अगर किसी को और समय चाहिए, तो बेशक़ बोलिएगा। हमने छात्रों की निजता को ध्यान में रखते हुए उनके 'दिए गए नामों' को गोपनीय रखा है,

टीम 1 :

AB कुलनाम 1
BC कुलनाम 1
BD कुलनाम 1
DE कुलनाम 1
EF कुलनाम 1
FG कुलनाम 1
GH कुलनाम 1
HI कुलनाम 1
IJ कुलनाम 1
JK कुलनाम 1
KL कुलनाम 1
LM कुलनाम 1
MN कुलनाम 1

टीम 2 :

NO कुलनाम 2

OP कुलनाम 2

PQ कुलनाम 2

QR कुलनाम 2

RS कुलनाम 2

ST कुलनाम 2

TU कुलनाम 2

UV कुलनाम 2

VW कुलनाम 2

WX कुलनाम 2

XY कुलनाम 2

YZ कुलनाम 2

BA कुलनाम 2

टीम 3 :

CB कुलनाम 3

DC कुलनाम 3

ED कुलनाम 3

EF कुलनाम 3

GF कुलनाम 3

HF कुलनाम 3

IF कुलनाम 3

JF कुलनाम 3

JK कुलनाम 3

LK कुलनाम 3

ML कुलनाम 3

NM कुलनाम 3

ON कुलनाम 3

टीम 4 :

PN कुलनाम 4

QP कुलनाम 4

RQ कुलनाम 4
SR कुलनाम 4
TS कुलनाम 4
UT कुलनाम 4
VU कुलनाम 4
WV कुलनाम 4
XW कुलनाम 4
YX कुलनाम 4
ZY कुलनाम 4
ABC कुलनाम 4
BCA कुलनाम 4

कुलपति महोदय, ''तो यहाँ तक तो आपको समझ में आ ही गया होगा कि इन सब टीमों में क्या समानताएँ हैं। (तार्किक शक्ति के परीक्षण वाला सवाल है)।

अब देखिएगा टीम पाँच को, अब इसमें आपको पिछली चारों टीमों से भिन्नता समझ में आएगी। It is not a question of reasoning...but to find the difference (ये तार्किक सवाल नहीं है, ये भिन्नता ढूँढ़ने का सवाल है।) इन नामों को हमने जान-बूझकर सार्वजनिक किया है, ताकि लोगों से अच्छी चीज़ें न छिपें।

सारे लोग अपनी-अपनी कुर्सियों के किनारे पर आ जाते हैं, जैसे सवाल के जवाब में इनाम बँट रहे हों। प्रतिस्पर्धा के माहौल वाले लोग इसमें बड़े तेज़ होते हैं। प्रतिस्पर्धा उनके स्वभाव में घर कर जाती है।

टीम 5 :

शरद कुलनाम 1
राघवेंद्र कुलनाम 2
अनिल कुलनाम 2
मानवेन्द्र कुलनाम 3
अशरफ़ कुलनाम 11
ओमकार कुलनाम 5
ओमकृष्ण कुलनाम 6
तरुण कुलनाम 7
नितिन कुलनाम 4
रिज़वान कुलनाम 12
प्रदीप कुलनाम 8

देवेंद्र कुलनाम 4

राणा कुलनाम 10

"हमें बाक़ी सारी टीमों में एक प्रकार का अलगाव दिखा। एक तरह की असुरक्षा दिखी। ये लोग पिछले तीन महीनों में एक प्रकार का झुंड बनाने का प्रयास कर रहे थे। 'अरे तुम मेरे तरफ के हो', 'तुम मेरे कुलनाम वाले हो', इत्यादि दीवारें इन टीमों में थीं। ये सब भारत स्तर की टीम के साथ खेलने योग्य नहीं हो सकतीं। केवल अंतिम टीम, जिसमें हमें पूरा भारत दिख रहा था, उसी को हमनें भारत स्तर की विजेता टीम के साथ खेलने लायक चुना। भारत की विजेता टीम को जब हमने यह बताया, तो उन्होंने इस एकजुटता, और विविधता की भावना को सम्मान देने के लिए इनको जीता दिया। They have been given the first year hostel team a walkover." पूरे हॉल में एकदम सन्नाटा छा गया। लोगों को दूसरों की साँसें तक सुना देने वाला सन्नाटा!

टीम पाँच को कुलपति महोदय ने मंच पर बुलाया, और उनकी तरफ इशारा करते हुए बोला, "अगर आप भारत की इस भावना को कैंपस में,... और जहाँ कहीं भी जाएँ, बनाए रखने का वादा करते हैं, तो हम सब दोनों टीमों का मैच ज़रूर देख सकते हैं।"

सभागार के सारे लोग अपनी-अपनी कुर्सियाँ छोड़कर खड़े हो गए, और थोड़ी देर पहले पसरा सन्नाटा तालियों की गड़गड़ाहट से गूँज उठा। भारत-भावना को सलामी की गूँज में।

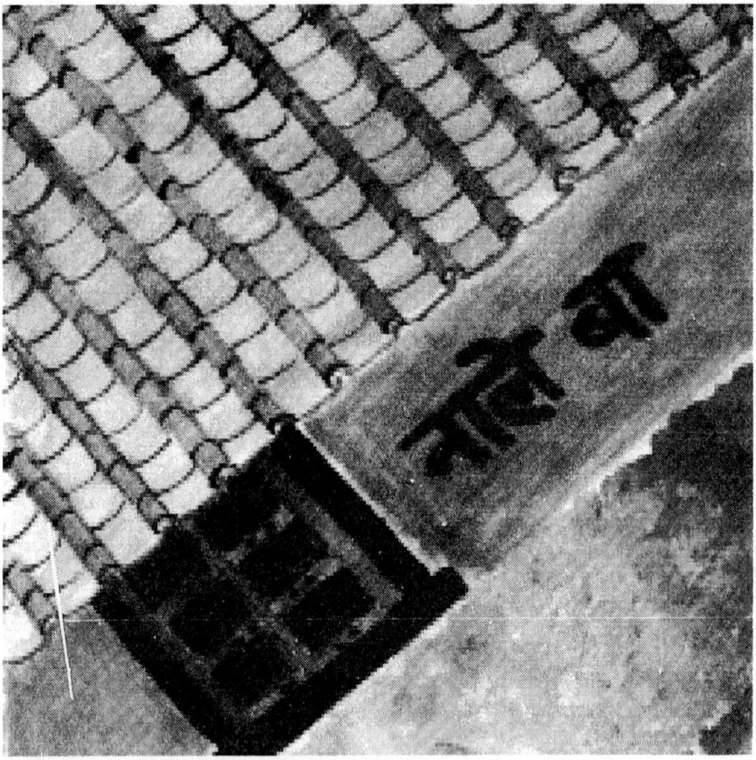

'नाले बा' का शोध : एक प्रतिशोध

विया अमेरिका में ही पली–बढ़ी थी। उसके पापा अय्यप्पा को सॉफ्टवेयर में परास्नातक की पढ़ाई करने अमेरिका आना पड़ा। उनको अपना देश बहुत अच्छा लगता था, लेकिन उनकी माँ भारत में उनके लिए 'नो एंट्री' का बोर्ड लगाकर रखी थीं। हमेशा बोलती थीं कि अमेरिका में पढ़े–लिखे लोगों की कद्र होती है। उनका मानना था कि अय्यप्पा की मेधाशक्ति को न्याय अमेरिका जैसे देश में ही मिल सकता था। विया की दादी अपने बेटे को भारत से दूर ही रखना चाहती थीं, लेकिन दादी को अपनी मिट्टी, अपना देश बड़ा अच्छा लगता था। एक बार जो अमेरिका में आ गया, वहीं का होकर रह जाता है। पढ़ाई, नौकरी और फिर शादी, ग्रीन कार्ड और फिर नागरिकता के चक्कर में अय्यप्पा ऐसे फँसे कि उम्र कैसे ढलती गई, पता ही

नहीं चला। कभी-कभी वो विया से बोलते थे कि अभी जितने मज़े लेने हों ले लो, नहीं तो एक बार ज़िन्दगी के चक्कर में फँसोगी तो इस चक्कर का अंत साँस के साथ ही होगा। अय्यप्पा अमेरिका में रहते हुए भी अपने को भारत की यादों से जोड़े रखे थे। अपनी माँ का जब हाथ-पैर काम करना बन्द कर दिया, तो माँ को अमेरिका ले जाने में ज़रा भी देरी नहीं किये। लगभग पूरा जीवन एक जगह बिताने पर अंतिम समय में दादी को अमेरिका की हवा तनिक भी रास नहीं आती थी। वे हरदम अपने गाँव की यादों में डूबी रहती थीं। जैसे उनको कोई चिन्ता सताये जा रही हो। रोज़ शाम को जैसे कुछ करना चाहती हों। उनका हाथ जैसे अपने आप फड़क उठते हों, कुछ करने के लिए। विया अपनी दादी से कहानियाँ सुने बिना कभी नहीं सोती थी।

दादी-पोती का रिश्ता हमेशा रात की कहानियों के लिए जाना जाता है। दादी का भी मन थोड़ा-थोड़ा लगने लगा था। उनका आधा समय यह सोचने में चला जाता था कि आज रात को विया को कौन-सी वाली कहानी सुनाएँगी। इत्तेफ़ाक़ से दादी ख़ुद भी कभी-कभी कहानियाँ लिख लेती थीं। थ्रिलर, सामाजिक, स्त्री-प्रधान, इत्यादि भिन्न-भिन्न प्रकार की कहानियाँ दादी के पिटारे में धरी रहती थीं। लेकिन विया जब भी कभी कुछ अलग सुनने की ज़िद करती थी तो दादी सोने का बहाना करने लगती थीं।

विया हमेशा से कुछ अलग करना चाहती थी, आम की भीड़ में खड़े होना उसको पसंद नहीं था। जब बड़ी हुई तो उसको कॉलेज जाना पड़ा। उसका दाखिला प्रिंस्टन यूनिवर्सिटी के मनोविज्ञान विधा में हुआ। अब वो हॉस्टल में रहती थी। बीच-बीच में घर आती रहती थी। दादी से कहानियाँ सुनना अभी भी उसको अच्छा लगता था, बस उसका झुकाव थोड़े अलग क़िस्म की कहानियों की तरफ होने लगा था। दादी को लगने लगा था कि विया अब मानने वाली नहीं है। अब उनको थोड़ा उन कहानियों पर भी सोचना पड़ेगा। अरे सोचना क्या? दादी ने तो बहुत सारी झेली भी थीं। विया की मस्तिष्क और उसकी शक्तियों के बारे में बड़ी जिज्ञासा हुई। एक दिन के पैरानॉर्मल विषय पर सुने व्याख्यान ने तो जैसे उसके जीवन की दिशा ही बदल दी। उसको लगने लगा कि उसका जन्म इसी सच्चाई को जानने के लिए हुआ है। अब वो इस विषय पर शोध करके सच्चाई का पता लगाना चाहती थी। वो जानना चाहती थी कि क्या सच में कोई ऐसी योनि है, जिसके बारे में महसूस तो किया जा सकता है, लेकिन देखा नहीं जा सकता। क्या इन शक्तियों के वजूद का कोई मकसद है? क्या इनका कोई बसेरा है?

...अय्यप्पा कभी भी विया के चुनावों पर अपने आपको थोपना नहीं चाहते थे, लेकिन विया का इस विषय में एकदम डूबते जाना, उनको ख़तरे की घंटी नज़र आ रहा था। एक-दो बार उन्होंने विया को दूसरे विषय में शोध करने का सुझाव भी

दिया था, लेकिन विया 'स्टैच्यू ऑफ़ लिबर्टी' और 'फ्रीडम ऑफ़ थॉट' जैसे भारी-भरकम शब्दों से अय्यप्पा का देसी मुँह बंद कर देती थी।

अंततः विया ने प्रिंसटन यूनिवर्सिटी के सेंटर ऑफ़ पैरानॉर्मल स्टडीज़ में प्रोफ़ेसर रिचर्ड वॉल्टर के साथ शोध की अनुमति ले ली। विया की तार्किक क्षमता और उसकी आदमी की परख से प्रोफ़ेसर साहब बड़े प्रभावित रहते थे। वो एकदम से दिमाग़ पढ़ने वाली मशीन जैसी थी। एक दिन विया ने उनसे पूछा, ''सर, भूत क्या होता है?''

इतना सीधा-सीधा सवाल प्रोफ़ेसर साहब से पहले किसी ने नहीं किया था। थोड़ी देर सोचने के बाद प्रोफ़ेसर साहब, ''भूत एक 'काल' है, जो बीत गया है। एक समय है। ज़्यादातर लोगों का अच्छा होता है, लेकिन कुछ-एक का बुरा बीता होता है। हमारा शोध इन्हीं बुरे 'काल' वाले लोगों पर है। आम भाषा में हम इन्हे 'भूत' कहते हैं।

विया, ''क्या ये हमें दिखाई देते हैं।''

रिचर्ड, ''सामान्यतः नहीं, लेकिन अपने होने का एहसास ज़रूर दिलाते हैं। इनके होने का प्रमाण ढूँढ़ना ही हमारे शोध का विषय है।''

विया, ''आख़िर ये होते क्यों हैं?''

रिचर्ड, ''अपनी किसी अधूरेपन को पूरा करने के लिए!''

विया की जिज्ञासा का अगला तीर निकलता, तभी, मुस्कराते हुए, ''विया कुछ शोध करके तुम भी बताओगी? ...मेरी जानकारी सीमित है, तुम्हारी अथाह होने वाली है...''

अगली बार विया जब घर पहुँची तब दादी पहले से ही अप्रत्यक्ष दबाव में थीं, 'उस' तरह वाली रोमांचक कहानी सुनाने के लिए। उनका शक़ सही था। विया ने रात में ज़िद कर ही दी। न चाहते हुए भी दादी के मुँह से धारा प्रवाह एक कहानी निकली :

''बहुत साल पहले की बात है। एक गाँव में लोग बड़े ठाट-बाट से रहते थे। जमींदारी करके लोग बड़ी सम्पन्नता के साथ जीवनयापन करते थे। कुछ घर ऐसे भी थे, जो खेतों में काम करके अपना गुज़र-बसर करते थे। वे लोग जमींदार लोगों की ज़रूरतों का ध्यान देते थे। एकाएक उस गाँव को किसी की नज़र लग गई। रात में एक औरत मोहिनी का रूप धरकर दरवाज़ा खटखटाती, और खोलने पर वहाँ से घर के आदमी को अपने वश में करके साथ ले जाती। वो आदमी फिर कभी वापस नहीं आता। गाँव वाले डरके मारे अपना दरवाज़ा कभी नहीं खोलते थे। उससे बचने के लिए अपने घर की दीवालों पर चारों ओर ''नाले बा (कन्नड़, कल आना)'' लिख कर रखते थे। चूँकि, कल कभी आता ही नहीं, इसलिए किसी के दरवाज़े दस्तक

नहीं हुई। जिन लोगों ने नहीं लिखा, उनके घर के आदमी ग़ायब होते चले गये। बहुत सारे घर उजड़ गये। औरतों को पाता नहीं चल पता था कि वो विधवा बनकर रहें या सिन्दूर लगाती रहें। सिन्दूर लगाते समय हमेशा उनको सन्देह होता था, और एक प्रार्थना—भगवान इसे सच रखना।''

दादी की इस कहानी को सुनाने की शैली एकदम अलग थी। जैसे उनका गला भर आया हो, वो रो पड़ी हों... वो कहानी कम और अपनी आपबीती ज़्यादा बता रही हों। फिर दादी बिना कुछ बोले ही सो गईं। विया को संदेह हुआ कि किसी काल्पनिक कहानी में कोई इतनी सच्चाई कैसे भर सकता है।

सुबह नाश्ते की मेज पर विया कुछ सोच रह थी। उसका ध्यान सैंडविच पर कम था। वो कहीं खोई हुई-सी थी। तभी अय्यप्पा, ''इसीलिए मैंने मना किया था कि ये सब में शोध मत करो... कहाँ खोई हो?''

विया, ''पापा कल दादी ने एक बड़ी रोचक हॉरर स्टोरी सुनाई। बड़ा मज़ा आया। उसी के बारे में सोच रही थी, कोई ऐसा क्यों करना चाहेगा... ?''

विया ने पापा को वो कहानी सुना दी, अय्यप्पा सन्न रह गये, ''माँ ने ये क्या कर डाला?''

विया ने कॉलेज वापस जाकर ये कहानी प्रोफ़ेसर रिचर्ड को सुनाई। इन सब कहानियों की जानकारी रिचर्ड रखते थे। इस तरह की कहानियों की ज़रूर कोई जड़ होती है, ऐसा सोचते हुए वो गूगल की मदद लेते हैं। गूगल ने विया के गाँव की ही एक कहानी बता दी। विया अपने प्रोजेक्ट के और क़रीब महसूस कर रही थी। प्रो. रिचर्ड ने बोला कि रिया इस सच्चाई को आसानी से पता कर सकती है। इत्तफ़ाक से क्रिसमस की छुट्टियाँ भी दो महीने दूर थीं। विया ने इस विषय पर बहुत अध्ययन किया और एक प्लान बनाया।

विया ने बहुत पापड़ बेलने के बाद क्रिसमस में अपने गाँव जाने के प्लान पर मुहर लगवा ही ली। बेटियों की बात पापा कहाँ काट पाएँ? पापा ख़ुद नहीं जा सकते थे, दादी का सख़्त आदेश जो था। वजह, दादी और पापा को ही बस पता थी। लेकिन नहीं, अब विया को भी कुछ-कुछ पता हो चला था। विया किस मिशन पर बैंगलोर जा रही है, इस बात की भनक दादी और पापा को रंच मात्र भी नहीं थी। अय्यप्पा की माँ अय्यप्पा की शादी और उनकी बेटी इत्यादि सारी जानकारियाँ गाँव वालों से छिपाकर रखी थीं। गाँववालों के लिए विया एकदम अजनबी थी। ये बात विया को पता थी। उसका प्लान इसके मुताबिक़ ही था।

बैंगलोर एयरपोर्ट पर पहुँचते-पहुँचते रात हो चली थी। टैक्सी से गाँव जाने में दो घंटे लग गए। दादी डरी हुई दिख रही थीं। थकान से एकदम चकनाचूर, वो बस बिस्तर का इंतजार कर रही थीं। विया के लिए एक नई दुनिया थी। उसको लगा की

वो अमेरिका के बीसों साल पीछे वाली जगह पर आ गई है। अपने प्लान के बारे में सोचते-सोचते विया का गाँव आने वाला था। टैक्सीवाले ने उस गाँव में अंदर जाने से मना कर दिया। विया और उसकी दादी को काफ़ी पैदल चलना पड़ा। दादी को थकान पे थकान होती जा रही थी। सब घरों के दरवाजे बंद थे। रात के आठ बजे ही इतना सन्नाटा! हर घर के बाहर दीवारों पर कुछ कन्नड़ में लिखा था। विया कन्नड़ थोड़ी-बहुत पढ़ सकती थी। जैसे-तैसे दोनों लोग अपने घर पहुँचे। घर के चारों ओर विया और दादी ने घूमकर देखा। उसके घर वाली 'नाले बा' की लिखावट धुँधली हो चुकी थी, एकदम न के बराबर। दादी ने सोचा कि कल फिर से लिख देंगी, वैसे भी कोई पुरुष तो था नहीं घर में। एक ही चीज़ दो लोगों के लिए अलग मायने रखती है। विया ने सोचा कि आज से ही काम शुरू करती हूँ। जेट लैग के चक्कर में नींद भी नहीं आ रही थी। दादी बिना कुछ खाये-पीये ही सो गईं। दादी के सोने के बाद विया ने पर्स से नकली मूँछ निकाली और लगा ली। भारत आने से पहले उसने अपने बाल छोटे करा दिए थे। हेयर स्टाइल लड़कों जैसा ही था, कोई भी विया को टी-शर्ट और जीन्स में औरत नहीं, आदमी ही समझता, धोखा खा ही जाता। अपने बिस्तर पर किताब पढ़ रही थी और उसको बस एक इंतजार था...

तभी दरवाजे पर ठक-ठक की आवाज़ आयी। कोई औरत मधुर आवाज़ में पुकार रही थी। विया ने सब कुछ अपने प्लान के मुताबिक़ जाते देखकर दरवाज़ा खोला। सोम-सुधा जैसी नशीली आँखें, कटे-फटे होंठ, बरछी जैसे नुकीले दाँत, लम्बे-लम्बे बाल, बालों में हर तरफ फूल ही फूल, एक माला में पिरोये हुए, ...चमेली की ख़ुशबू, चमकदार हरी साड़ी, भर-भरकर हाथों में चूड़ियाँ और लम्बे-लम्बे कटारी जैसे नाख़ून... ऐसी औरत विया के सामने! विया की सिट्टी-पिट्टी गुम! उसका पहला प्रोजेक्ट इतना ख़तरनाक होगा, उसने कभी सोचा भी न था। डर को जीतते हुए औरत का हाँथ पकड़कर उसके साथ चल दी। बीच-बीच में औरत उसको अजीब से देखती थी। विया को लगा कि वो हवा में तैर रही है।

पहाड़ से पूर्णिमा का चाँद पूरा दिख रहा था, जैसे अभी गोधूलि बेला हो। वीरान पहाड़ी। आस-पास झाड़ियाँ ही झाड़ियाँ। कुछ कंकाल जैसे तने हुए पेड़, पेड़ पर डेरा डाले हर तरफ चील ही चील। और ...चाँद के उजाले में चमकते आदमियों के कंकाल! वो औरत विया को एक पत्थर की शिला पर ले गई। गोद में बिठाई। नरसिंह ने हिरण्यकश्यप को अपनी गोद में बिठा लेने वाली मुद्रा थी। विया मौत के कग़ार पर अपने आप को देखकर मुँह खोलने वाली ही थी, तभी ऊपर वाले पेड़ से एक जटाधारी, खूँखार, दाढ़ी वाला दैत्यनुमा आदमी धड़ाम से कूद बैठा। सर से पाँव तक राख से लिपटा, पीले-पीले दाँत, मानव या दानव? उसकी वेशभूषा आदमी के पूर्वज बन्दर के समान थी। कुछ नहीं पहना था! बड़े ही ताप वाले स्वरों में उसने

गर्जना की, "अरे चांडाल, तू ये किसको आज मोह लाई? ये तो महिला है, तू इतनी बूढ़ी हो गई है कि आदमी-औरत का फ़र्क़ भूल गई। जा! तुझे मुक्त करता हूँ।"

औरत ग़ायब हो गयी।

दैत्यनुमा आदमी, "क्या चाहती है तू? मेरी औरतों से कोई शत्रुता नहीं है! तुझे मारने का मेरा कोई औचित्य नहीं है।"

लड़की अपनी धड़कनें सम्हालते हुए, काँपते हुए शब्दों से "आप कौन हैं? क्यों लोगों के घरों के दीये बुझा रहे हैं? मेरे दादा के साथ क्या किये?"

विया उस दिन नाश्ते के बाद अपने दादी और पापा की बात दरवाजे के पीछे खड़ी होकर चुपके से सुन लेती है।

दैत्यनुमा आदमी, "यहाँ सबका एक ही हाल होता है, कंकाल! पहचान सकती है, तो ढूँढ़ अपने दादा को..."

विया, "क्यों कर रहे हैं ये सब? क्या वजह है?"

दैत्यनुमा आदमी, "बदला!!"

विया, "कैसा बदला?"

उस वनमानुष जैसे आदमी से पहले यह सवाल किसी ने नहीं किया था। उसकी आवाज़ थोड़ी नरम होते हुए, "मैं बारह साल का था, मेरे पिता जमींदारों के यहाँ मजदूरी करते थे। उस गाँव में एक मंदिर था, उसमें बस हमारे जैसे लोगों को छोड़कर बाकी सारे लोग जाते थे। मुझे नहीं पता था कि हमारा जाना मना था। एक दिन उत्सुकतावश मैं मंदिर में चला गया। मुझे एक जमींदार ने मंदिर से बाहर आते समय देख लिया। वो मेरे पीछे-पीछे सीधे मेरे घर आया। वो बहुत गुस्से में था। पिता जी को बाहर बुलाकर उसने बोला कि मंदिर को मैंने अपवित्र कर दिया है। मुझे मेरे पिता ने रीती-रिवाज़ ठीक से नहीं बताये हैं। इसकी सजा मेरे पिता को मिलेगी। उसी दिन पंचायत में पूरे गाँव के आदमियों ने मिलकर मेरे पिता को हंसिये से काट डाला। मेरे सामने मेरे पिता को बिना उनकी किसी गलती के ही मार डाला। मेरी गलती मेरी माँ को भी लील गई। उस दिन मैंने उस गाँव के उन आदमियों को मिटाने का प्रण लिया। सम्पूर्णानन्द से यंत्र-मंत्र-तंत्र विज्ञान की शिक्षा ली। अपने आपको सिद्ध किया। तब से ये चांडाल वहाँ से आदमियों को लेकर आती है। सब के सब ठरकी हैं, इसकी नकली, नशीली आँखों में डूबकर कटने आ जाते हैं। उनको कटता देख मुझे बड़ा सुकून मिलता है।"

विया को लगा कि अब सही समय है, अपनी वाद-विवाद वाली प्रतिभा इस्तेमाल करने का।

"किसी को मारने से सुकून कैसे मिल सकता है? वो तो बस सुकून पाने का दिखावा मात्र कर सकता है। और बदला... जो हुआ अच्छा नहीं हुआ, मुझे बहुत

खेद है, लेकिन बदले से आपका क्या भला होगा? बदले का कालचक्र अनंत होता है। आज आप ले रहे हैं, कल कोई आपसे बदला लेने के लिए महासिद्दी पाएगा। आप अभी भी उसी काल में हैं, जबकि आजकल सब लोग मंदिर जाते हैं। सारे लोग समय के साथ बदल गए हैं। आप उसी जगह पर ठहरे हैं। अब किसी के साथ कोई भेदभाव नहीं होता है। मेरा विश्वास मत करिए, ये देखिए...''

विया अपने फोन से गूगल करके सारे सामाजिक सुधार से सम्बन्धित कानूनों को पढ़वा देती है।

दैत्यनुमा आदमी थोड़ा पसीज रहा था। इन बदलावों से वो अनभिज्ञ था। उसको लगा कि लोग अब किसी को भी उसके पिता के जैसे प्रताड़ित और नृशंस हत्या नहीं करते होंगे। उसके जीवन का लक्ष्य समाप्त हो चुका था। वो लड़की को इस बात का बोध कराने के लिए धन्यवाद ज्ञापन करता है, और वहीं समाधि ले लेता है।

यह सब बातें विया अपने फोन में रिकॉर्ड की रहती है, और अगले दिन अपने प्रोफ़ेसर को भेजती है। प्रोफ़ेसर उसको शाबाशी देते और चेन्नई में अमेरिकी दूतावास के माध्यम से मीडिया को ख़बर करवाते हैं। विया की बहादुरी के गुणगान होने लगे थे। लोग हर बच्चे को विया जैसे बहादुर बनने की प्रेरणा देते थे। दादी अब गाँव छोड़कर नहीं जाना चाहती थीं। उन्होंने सिन्दूर लगाना छोड़ दिया। उनके हिसाब से अय्यप्पा को गाँव में रहने में अब कोई दिक्कत नहीं थी। उनका सपना था कि जहाँ की मिट्टी है, वहीं की मिट्टी में मिल जाएँ। विया अपनी मर्ज़ी की मालिक थी, पढ़ाई पूरी करके उसे कहाँ रहना था, वो ख़ुद फैसला लेती। पच्चीस साल बाद अय्यप्पा अपने गाँव वापस जाते हैं और वहीं बस जाते हैं। उनका नाम अमेरिका में अपवाद के रूप में लिया जाता है, ''वो देखो एक बेवकूफ़ आदमी, जो अमेरिकी नागरिकता छोड़कर भारतीय बन गया।''

'नाले बा' लोगों का स्टेटस बन चुका था और लिखा जाता रहा।

गूँज : बदलते समय के साथ दबते स्वर

बात उस समय की है, जब लोग आपस में ही बातें किया करते थे। एक गाँव में एक बहुत बड़ा परिवार था। परिवार में इतने ज़्यादा लोग थे कि आदमी अगर मन में भी कुछ बोले तो कोई-न-कोई सुन ही ले। ऐसे परिवार में सब लोग साथ बैठते, हँसी-ख़ुशी से बातें करते, एक-दूसरे की ख़ुशियों को साझा करते और तकलीफों को दूर करने के उपाय में जूझे रहते। एक की ख़ुशी दूसरे के चेहरे पर झलकती थी। ख़ुशियों का गुणाकार होता था, लेकिन किसी का छोटा सा ग़म भी सबमें साझा होकर बहुत कम हो जाता था। घर के मुखिया दीनानाथ ने सबको जीवन जीने की वो कला सिखाई थी, जो किसी किताब में नहीं लिखी थी। यह किसी विद्यालय में पढ़ी नहीं जा सकती थी। दीनानाथ को पता था, सुख-दुख साझा करने की कला बच्चों को

जीवन में हमेशा प्रसन्न रखेगी।

दीनानाथ को लोगों से बातें करना बहुत अच्छा लगता था। ख़ास तौर से लोगों की सुनना। उनका मानना था कि बोलने वाले लोग तो बहुत हैं, परन्तु सुनने वाले लोगों की कमी होती जा रही है। इसीलिए वे बड़े ही धैर्य के साथ सामने वाले की बातें सुना करते थे। बातें सुनने-सुनाने के अलावा वे एक और कला में पारंगत थे—दूसरों का मार्ग दर्शन करने में। जब भी किसी को कोई उलझन होती थी, तो वो सीधा दीनानाथ जी के पास आता था। वे बड़े ही तर्कसंगत और टिकाऊ उपाय बतलाते थे।

दीनानाथ जानवर पालने के बड़े शौक़ीन थे। गाय, भैंस, बकरी और कुत्ता उनके द्वार की शोभा थे। गाँव के कुछ लोग तो बोलते थे कि वे जानवर व्यवसाय के लिए पालते हैं, लेकिन ये समझना लोगों के बस की बात नहीं थी। अब कोई जानवर पालेगा भी तो तीन-तीन कुत्ते क्यों पालेगा? दो जवान और एक बच्चा हमेशा रहते थे, ताकि कुत्तों की पीढ़ियाँ चलती रहें। व्यवसायी होते तो इतने कुत्ते क्यों? असल में वे जानवरों को अपने परिवार का ही सदस्य मानते थे। बस उनको स्कूल भर नहीं भेज पाए, नहीं तो साथ में रहने की जो तालीम अपने घर वालों को दिए थे, वही संस्कार जानवरों को भी सिखलाये थे।

समय बीतता गया। दीनानाथ का पौरुष थकता गया। अब उनके पास पहले जैसी पहाड़ तोड़ने की शक्ति नहीं रही। अकेले बीघे का गेहूँ काटने की क्षमता चली गई। सफ़ेद बाल उनकी ढलती उम्र का प्रमाण पत्र बन गये। चेहरे पर झुर्रियाँ आ गईं। माथे पर लकीरें उनके भाग्य को कम और उनके भूत के अनुभवों का बखान अधिक करती थीं। लकीरों को घेरती हुई माथे पर धानी रंग की मांसपेशियाँ उभर आई थीं। ये भी लकीरों के जैसी क्या कुछ कहने का प्रयास कर रही थीं ? जी हाँ, इन्हीं पर तो ज़ोर डालकर उन्होंने अपने घर और पास-पड़ोस को राह दिखलाई थी। उनका शरीर हर तरफ से ढीला होता जा रहा था। जैसे त्वचा आत्मा से पहले ही शरीर का साथ छोड़ने का मन बना ली हो। त्वचा को कोई पहले ही बता दिया हो कि वो समय ढलने पर अग्नि की आहुति होने वाली है। इसलिए चमड़े ने पहले से ही अपने आपको सुखा लिया हो। सूखी चीज़ें आसानी से जलती हैं, और धुआँ भी कम छोड़ती हैं। कितना सहज है—प्रकृति का व्यवहार!

बढ़ते समय ने परिवार को छोटा कर दिया था। अब दीनानाथ जी अपने भाइयों से अलग अपने बेटों के परिवार के साथ रहते थे। थकते हुए पौरुष के कारण जानवरों की देखभाल में भी कमी आने लगी। दीनानाथ जी चाहते थे कि घर वाले स्वतः देखभाल करें। वे किसी के ऊपर लदते नहीं थे। घर में सब आधुनिक हो चुके थे। स्मार्टफोन के ज़माने में जानवर कौन पाले? सबको फल से मतलब था। पेड़ कौन

रोपे? पानी कौन डाले? उनकी जतन करने के झंझट में कौन पड़े? दूध-दही का इंतज़ाम तो दूधवाला कर सकता था। चट मँगनी, पट ब्याह का ज़माना आ चुका था। इसलिए बेटों ने अपने बाऊजी को जानवरों को बेचने के लिए मना लिया। दीनानाथ ने सोचा कि पशुओं की देखभाल यहाँ पर तो ठीक से होगी नहीं, तो इनको खूँटे से बाँधकर अपनी आँखों के सामने दुर्गति होते देखने से तो अच्छा है कि इनको बेच ही दिया जाय। अपने दर्द को छुपा कर उन्होंने पशुओं बेचने के फैसले पर मुहर लगा दी। लेकिन जब भी कोई जानवर खरीदने आता था, तब वे स्वयं द्वार छोड़कर सिवान में चले जाते। वे अपनी आँखों से अपने परिवार को घटता नहीं देख पाते थे। जब घर वापस आते, तब सूना खूँटा देखकर बहुत ही टीस में होते, और उस दिन भोजन नहीं कर पाते। धीरे-धीरे दीनानाथ को पता चल गया था कि नई पीढ़ी को जो शिक्षा वे देना चाहते थे, उसमें असफल रहे। समय के साथ सब जानवर बिक गये। तीन कुत्तों में से एक कुत्ता बच गया, मोती। उसको घर के दरबान के काम के लिए रख लिया।

समय बड़ा स्वार्थी होता है। अब दीनानाथ के पास लोगों का उठना-बैठना कम हो चुका था। उनके घर के लोग ज़रूरत की सभी चीज़ें उनको समय-समय पर उपलब्ध करा देते थे। जैसे सुबह की चाय, दोपहर का खाना, रात का भोजन-बिस्तर, सब कुछ समय पर उनको कोई कमी न हो इस बात का पूरा ध्यान रखता था। उनको उपलब्ध सुविधाएँ किसी शहरी ठाट-बाट से कम नहीं थीं। लेकिन, दीनानाथ सामाजिक आदमी थे। उनको लोगों के उनके साथ बैठकी की ज़रूरत थी, परन्तु उनके पास कोई फ़ुर्सत से नहीं बैठता था, जिसके साथ वे दो बातें कर सकें। घर में सब व्यस्त दिखते थे, तो कहने में संकोच भी होता था। कुछ बातें अगर कहनी पड़ें, तो उनको न कहना ही अच्छा होता है। और यह बात तो स्वयं समझने की थी। दीनानाथ अपने आपको अभिव्यक्त न करने के कारण धीरे-धीरे संकुचित होते गये। दीनानाथ की बाहरी ठाठ जितनी आलीशान थी, उनके अंदर का सूनापन उतना ही दीन। काश घटती साँसो के साथ नाम भी कोई छोटा कर देता, वो दीनानाथ से दीन हो गए थे। अब घर में वो एकदम न के बराबर बोलते थे। जब अंदर से आदमी घुटता है, तो उसके मन की खिड़की से दिखता है। चेहरा मन का दर्पण होता है। दीनानाथ के चेहरे का ओज दिन-प्रतिदिन तेज़ी से ढल रहा था। यह ढलाव उनके घर में किसी को नहीं दिखा। उनका एक बेटा, मटरू, जो उनको सबसे अच्छे से जानता था, उनकी जरूरतों का ध्यान रखता था, एक दिन टी.वी खरीदकर ले आया। पिताजी को देते हुए बड़ी आत्मीयता और विनम्रता से बोला, ''पिता जी, अब आप अपना दूरदर्शन देख पाएँगे। इससे आपका समय भी अच्छा कटेगा। (थोड़ा मुस्कराते हुए) नये ज़माने वाले चैनल भी इसमें हैं।''

दीनानाथ जी ने मुस्कराकर मटरू की भेंट स्वीकार कर ली। लेकिन एक शब्द

भी न बोल पाए, और फिर अतीत में कहीं ठहर-से गये। शायद रामायण और महाभारत देखने की इच्छा लिये बैठे हों।

दीनानाथ के परिवार का एक सदस्य उनको अच्छे से जानता था। वह दीननाथ की लाचारी समझ रहा था। दीनानाथ को कानों की तलाश थी, वो जानता था। जानवरों का परिवार, जो दीनानाथ के मुख्य श्रोता थे, वे भी अब न रहे। घर के दूसरे लोग उसको अपने घर का सदस्य नहीं मानते थे। इसलिए वो भी दीनानाथ की आत्मसम्मान की राह पर था, लेकिन वो दीनानाथ की दुर्दिनता देखकर एक दिन दीनानाथ के पास जाने का प्रयास किया।

रात में दीनानाथ घर से सटे एक कमरे में एक पलंग पर सोते थे। एक दिन जब सारे लोग सो गये, तब मोती दीनानाथ के पास गया और पूँछ हिलाने लगा। अँधेरा था, फिर भी दीनानाथ जान गए थे कि मोती आया है। लेकिन वो हाँफ रहा था, तरह-तरह की आवाज़ें निकालकर कुछ कहने का प्रयास कर रहा था। दीनानाथ ने बिस्तर से उठकर लाइट जलाई, और मोती की तरफ देखा। मोती उनके पैर के पास आ खड़ा था। अपनी गर्दन उनके पैर से सटाकर और पास आ गया। अपने झबरीले बालों से मालिक को सहलाने का प्रयास कर रहा था, जैसे वो दीनानाथ के पीड़ित हृदय को सहलाने का प्रयास कर रहा हो। दीनानाथ को लगा कि ये पहले तो ऐसा कभी नहीं करता था। आज अचानक? फिर वो जाकर अपने बिस्तर पर बैठे। उनकी नज़र मोती के चेहरे पर पड़ी। मोती की आँखों से पानी गिर रहा था। दीनानाथ आदमियों का ही नहीं, जानवरों का भी मर्म जानते थे। मोती दुःखी था। उसकी आँखों में पानी नहीं मालिक की पीड़ा के आँसू थे।

वो मोती से बोले,

''क्यों भाई? तुम क्यों दुखी हो? लगता है कि तुमको भी बेचने का समय आ गया है।''

''ख़ैर, तुम मेरी बातों का उत्तर कैसे दोगे? तुम को मूक हो, पशु हो। बोलने लायक़ तो आदमी हैं।...मेरी सुनाने की चाहत भी... ख़ैर''

''घर में खाना ठीक से नहीं निलता? ...मेरे खाने के समय आना, दो रोटी तुमको भी देता हूँ।''

''बाहर तुमको ठंड लगती होगी..., तो मेरे चौकी के नीचे सो जाना। बोरे का इंतज़ाम कर दूँगा।''

ऐसे करते-करते दीनानाथ काफ़ी बातें बोल गये। मोती उनकी बातों को बड़े ध्यान से सुनता और कुछ-कुछ आवाज़ें निकालता रहा। दुम हिलाता रहा। मानो वो आवाज़ और पूँछ के माध्यम से अपने उत्तर दर्ज़ कराने का प्रयास कर रहा हो। जैसे कुत्ता भी सहानुभूति का पाठ पढ़ा हो।

ऐसी बातें करते-करते दीनानाथ जी लेट गये और उनकी आँख लग गई। भोर में उठे तो मोती को अपनी चौकी के नीचे बैठा पाए। फिर उससे बातें करना शुरू कर दिये।

"अरे मोती! तुम यहीं सोये हो!"

"चलो अच्छा है।"

"रोज़ाना यहीं सो जाया करना। मुझे भी अच्छी नींद आई।"

बात करने का तरीका वही था।

अब दीनानाथ को पहले से काफ़ी अच्छा महसूस हो रहा था। जैसे मोती ने उनके सीने पर रखा बोझ उठा लिया हो। अधमरे दीये के अंदर तेल भर दिया हो, और मुरझाई बाती को खिसकाकर ऊपर कर दिया हो। मोती के रूप में वो दोस्त उनको मिल गया हो, जिससे वो अपने मन की बातें साझा कर सकते थे। सबसे बड़े संतोष की बात तो यह थी कि मोती उनकी बातों का मज़ाक नहीं उड़ाएगा और चाह के भी दूसरों से बोल नहीं पाएगा। क्योंकि दीनानाथ को मज़ाक का विषय बनना कतई बर्दाश्त नहीं था। बढ़ती उम्र में मज़ाक बनने की सहनशीलता भी घिस जाती है। महीनों ऐसे ही चलता रहा। दीनानाथ के चहरे की रौनक लौट आई थी। जैसे साँप को उसकी मणि वापस मिल गई हो। वो फिर से जीवंत हो उठे।

रात को सोते समय और भोर का समय दीनानाथ-मोती वार्तालाप का समय होता था। घर के लोगों को इस बातचीत की भनक भी न थी। एक दिन दीनानाथ की बहू, मटरू की पत्नी को रात में बाबू जी के कमरे से आवाज़ें सुनाई दीं। उसको लगा, कि ससुर जी सपने में बड़बड़ा रहे हैं। लेकिन अगले दिन फिर वही बड़बड़ाहट! तब उसने मटरू से बोला, "सुनिये, लगता है बाबू जी थोड़ा मानसिक रूप से गड़बड़ चल रहे हैं। रोज़ रात में बड़बड़ाते रहते हैं। उम्र चढ़ रही है।"

मटरू, "कुछ नहीं, वो सोने से पहले राम का नाम लेते होंगे, ये तो अच्छी बात है। तुम भी लिया करो। मुक्ति में आसानी होगी।"

मटरू की पत्नी, "मेरी बात मानो, उनको पागलों वाले डॉक्टर को एक बार दिखा दो। अगर ज़्यादा हालत ख़राब हो गई, तो कौन देखभाल करेगा? मुझसे तो नहीं हो पाएगा ये सब। आप ही खूँटे की रखवाली करना।"

मटरू ने अगले दिन सुबह पिता जी के पास जाकर पूछा, "पिता जी, आप ठीक हैं न? टी.वी ठीक काम कर रही है न? आजकल रात में आपके कमरे से कुछ आवाज़ें आती हैं। किससे बातें करते हैं?"

दीनानाथ थोड़ा हड़बड़ाकर बोले, "अरे! कैसी आवाज़? मुझे क्या पता... हो

सकता हो कभी सपने में...''

मटरू को पत्नी का भ्रम सही लगा। बाबूजी को शहर घुमाने के बहाने एक मानसिक चिकित्सक डॉ. राय के यहाँ ले गया। बोला कि आइये आपको अपने एक मित्र से मिलवाता हूँ।

डॉ. राय ने दीनानाथ जी से एकांत में कुछ समय बातें करने के बाद दीनानाथ के बेटे मटरू को बुलाया। अकेले में ले जाकर, ''आपके पिता जी तो एकदम सही हैं, समस्या आप लोगों में है। उनके साथ आप लोग बैठिये, अपनेपन का एहसास कराइये।''

मटरू, ''डॉक्टर साब, हम लोग हमेशा इनके आगे-पीछे एक पैर पर खड़े रहते हैं। किसी चीज़ की कमी नहीं होने देते।''

डॉ. राय, ''भाई, मैं औपचारिकता की बात नहीं कर रहा हूँ। उनके साथ भावनात्मक रूप से जुड़िये आप लोग, वो अकेलेपन से ग्रसित हैं। जो लोग सामाजिक रूप से घुले-मिले होते हैं, उनको आजीवन लोगों के साथ उठना बैठना अच्छा लगता है। लोग नहीं मिलेंगे, तो अभिव्यक्ति के आभाव से उनको तनाव होगा। तनाव रोगों का जनक है। पुराने लोग आज के तेज़ी से बदलते माहौल में अपने आपको ढालने का प्रयास मात्र कर पा रहे हैं। असल में जिस तेज़ी से समाज में तकनीकी परिवर्तन हुआ है, उस गति को समाज के बुजुर्ग लोग पकड़ नहीं पा रहे हैं। आराम करने वाली उम्र में खुद को समाज में बनाये रखने की जद्दोज़हद कर रहे हैं। उनके मस्तिष्क में चल रहे इस द्वंद्व को समझिए।''

मटरू, ''तो ये बात हम लोगों से क्यों नहीं बोले?''

डॉ. राय, ''जहाँ मज़ाक बनने की संभावना होती है, लोग मुँह नहीं खोलते हैं, ख़ास तौर से बुजुर्ग लोग। उनको समझने के लिये घर के लोगों को ख़ुद से प्रयास करने की जरूरत थी।''

मटरू, ''तो रात में पिताजी बड़बड़ाते क्यों हैं?''

डॉ. राय, ''आपके घर में मोती कौन है? रात में उसी से बातें करते-करते सो जाते हैं। रात में ही नहीं, वो तो भोर में भी उससे बातें करते हैं। उनका बहुत क़रीबी लगता है।''

अब मटरू सन्न हो गया। उसके चहरे का रंग मटमैला हो गया। अब वो कैसे बताता, 'मोती कौन है?' मोती एक जानवर का नाम है! मोती एक कुत्ता है! जिसकी तीन पीढ़ियों को दीनानाथ ने पाला था। जिसको वो लोग दुरदुराते रहते थे। उसको जानवर से ज़्यादा और कुछ नहीं समझते थे। लेकिन कुत्ता वफ़ादारी निभा रहा था, और ख़ुद के ख़ून औपचारिकता का ढोंग कर रहे थे। मटरू ख़ुद को बहुत तेज और अपने पिता के क़रीब मानता था। सब तेजी उसकी चुप्पी की तरह शून्य में विलीन हो

चुकी थी। वो समझने का प्रयास कर रहा था कि किस मोड़ पे चूक हुई? कहाँ पर आँख पर पर्दा पड़ा? तार कब टूटा, इत्यादि तमाम सवालों के जवाबों की तलाश में था। वो डॉक्टर साहब के सवाल, 'मोती कौन है?', का उत्तर देने की हिम्मत नहीं जुटा पाया।

उसने डॉक्टर साहब को क्षुब्ध हृदय से धन्यवाद कहा और बाहर इंतज़ार कर रहे पिता को लेकर घर चला गया। रास्ते भर उसका सिर शर्म से झुका हुआ था। गला भरा हुआ था। मन ही मन वो प्रायश्चित करना चाहता था, लेकिन उसको पता नहीं था कि शुरू कहाँ से करे। मटरू कृतसंकल्प था कि वो पुराने दीनानाथ को वापस लाएगा। रास्ते में दोनों लोग शांत थे। मटरू लजा गया था, डॉ. राय उसके दोस्त नहीं थे, उसके पिता भी पागल न थे। दोहरी लज्जा ने उसका सिर कई गुना ज़मीन की ओर गाड़ दिया था।

घर पर मटरू की बीवी बड़े ही अधीरज से बाबू जी की तबियत के बारे में जानने के लिए आतुर थी। जैसे उसने मान ही लिया हो कि बाबू जी को अमुक बीमारी है। जैसे वो डॉक्टर हो, और डॉ. राय को उसकी रिपोर्ट पर बस मुहर लगाना बाक़ी हो। 'देखे, मैंने बोला था न' जैसे शब्दों के साथ अपना मुँह खोलने का बेसब्री से इंतजार कर रही थी। अधिकांश लोग अपने आपको सही साबित करके सीना चौड़ा करने का प्रयास करते हैं, गर्व महसूस करते हैं, फिर चाहे उनकी रिपोर्ट किसी को नुकसान पहुँचाने वाली ही क्यों न हो? मोती भी अपने मालिक की प्रतीक्षा में था।

मटरू मुँह लटकाये हुए घर पहुँचता है, दीनानाथ पहले ही अपने चमकते चेहरे के साथ अपने कमरे में चले गये। मोती अपने मालिक के पीछे-पीछे।

मटरू की पत्नी, "क्या रोग निकला है?"

मटरू, "डॉक्टर साब बुलाए हैं जाँच के लिए।"

पत्नी, "तो आज जाँच नहीं किये?"

मटरू, "पूरे परिवार की एक ही साथ करेंगे।"

पत्नी को कुछ समझ में नहीं आ रहा था, "क्या पहेली बुझा रहे हैं?"

मटरू, "डॉक्टर साब ने बोला है कि बाबू जी एकदम ठीक हैं, हम लोगों के अंदर रोग पैठ गया है। अगले हफ़्ते का नंबर लगाकर आये हैं, तैयार रहना!"

❑❑❑